김동위·홍사명
미국 단편소설집

김동위·홍사명 옮김
미국 단편소설집

초판인쇄 | 2022년 12월 01일
초판발행 | 2022년 12월 05일

옮긴이 | 김동위·홍사명
펴낸이 | 김경옥
디자인 | 이진만·김현림
펴낸곳 | 도서출판 온북스

등록번호 | 제 312-2003-000042호
등록일 | 2003년 8월 14일
주소 | 서울시 은평구 은평로 194-6, 502호
전화번호 | 02-2263-0360
팩스 | 02-2274-4602

ISBN 979-11-92131-21-4 (03810)
잘못 만들어진 책은 교환해드립니다.
이 출판물은 저작권법에 의하여 보호받는 저작물이므로
무단 전재와 무단 복제를 할 수 없습니다.

김동위·홍사명 옮김

미국 단편소설집

온북스
ONBOOKS

김동위·홍사명 옮김
미국 단편소설집

목차
미국 명작 단편

열여섯 살 소녀의 사랑 • 모린 패트리샤 데일리 6

말없이 • 엘리어트 머릭 14

무도회에 다녀와서 • 셀리 벤슨 26

국화꽃 • 존 스타인벡 40

할아버지는 인생을 즐길 줄 아는 분이야 • 도로시 캔필드 피셔 57

맨빌의 어머니 • 마르조리 키난 로링스 69

부러진 벚나무 • 제시 스튜어트 82

엑셀브로드영감 예일대학 수학기 • 싱클레어 루이스 100

인생의 출발 • 루쓰 스코우 120

여덟 명의 조정 선수 • 해리 실베스트 142

벗은 자에게 옷을 입혀라 • 도로시 파커 158

폴 리비에르의 의치 • 스테판 빈센트 베네트 170

저자에 대하여 193

열여섯 살 소녀의 사랑

▌원작 : 모린 패트리샤 데일리

　　나를 잘못 알면 안 된다. 내 말은, 내가 그리 우둔하지 않다는 것을 처음부터 이해해주길 원한다는 것이다. 나는 내 또래 소녀가 해야 하고 또 하지 말아야 할 것도 다 알고 있다. 책도 읽고 라디오도 듣는다. 언니도 둘이나 있다. 내가 분수를 안다는 말이다.
　　트위드 옷감의 스커트를 입고 털이 많은 스웨터의 소매를 걷어 올리고 진주목걸이에다가 짧은 양말, 그리고 제법 세상을 보고 다닌 듯 보이는 스포츠 운동화를 신는 것이 스마트하다는 것을 알고 있다.
　　머리도 길게 늘어뜨리고 캠퍼스 모자 같은 걸 쓰고 농부들이 쓰는 손수건을 목에 거는 것도 멋있다는 것을 안다. 아마도 농부 손수건은

에델바이스, 안개 햇빛 비치는 산들과 요들송, 그리고 스위스 치즈를 생각케 할 것이다.

그러나 나는 결코 그렇게 하진 않는다. 그것은 내 얼굴을 넓적하게 보이게 하고, 슬라브족 같이, 또 잡지 기사에 나오는 사진 같이 보이게 하기 때문이다. 그리고 스탈린은 땅을 파고 아이들을 길러낸 러시아 여인들에게 러시아의 미래는 그러한 여인들에게 달려 있다고 말한다. 어쨌든 나는 촌구석의 아이가 아니다. 윈첼의 칼럼도 읽고 있다.

뉴욕에 있는 한 소년이 서해안의 어떤 파인애플 소녀를 잘 알고 있다던가 요즈음 어떤 미인을 최고로 치는지, 또 누가 어째서 극중 스칼렛 오하라 역을 맡을 것인지도 알게 된다. 그 칼럼은 코스모폴리탄적인 감성을 갖게 한다. 가게에서 미국풍의 레몬 콜라 대신에 딸기 아이스크림을 주문하는 사람은 아마도 짧은 색깔 양말에 굽 높은 하이힐을 신고 털 많은 슈트를 입는 것이 파리 모드 인 줄 아는 바보일 게다.

그러나 지금까지 내가 한 얘기가 내 본래의 취지는 아니다. 정작 중요한 것은 내가 그리 아둔한 아이가 아니라는 것을 인식시키고자 함에서다. 그래야 이제부터의 이야기를 좀 더 이해할 수 있을 것이기 때문이다.

내가 그를 처음 어떻게 만났는가 하는 것은 참 재미있다. 여느 겨울밤과 다름없는 어느 겨울밤이었다. 나는 라틴어 숙제도 끝내지 못하고 있었다. 그러나 그 밤은 달빛이 나뭇가지에 걸려 있고 눈발이 바람에 흩날리고 있어 그대로 집안에 있을 수가 없었.

스케이트장은 우리 집에서 그리 멀지 않았다. 길이 미끄럽지 않으면 5분 거리다. 나는 스케이트를 타러 나갔다. 스케이트 양말을 꿰매느라고 시간이 꽤 많이 걸렸다. 스케이트 양말은 발가락 끝이 언제나 빨리 헤진다. 아마도 스케이트 끝부분이 있는 금속 보호막 때문일 것이다.

머리도 빗었다. 얼마나 세게 빗었는지 머리칼이 손에 달라붙고 머리 위로 일어섰다. 내 스케이트는 뒷문 옆에 걸려 있는데 아주 근사하고 번쩍거리는 새것이었다. 이번 크리스마스 때 선물 받은 것인데 신선한 훈제 햄 같은 냄새가 났다.

우리 집 개가 길모퉁이까지 따라왔다. 그 개는 붉은 색의 중국 종인데, 아주 순하고 예의 발랐다. 그 개가 좋아하는 건 햄 냄새라는 걸 내가 아는데도 마치 나를 좋아해서 따라 오는 체 하는 것이다.

개가 내 옆에서 헐떡거리고 따라올 때마다 나오는 뜨거운 숨결이 코 끝에 풍선 같은 작은 방울들을 만들었다. 내 스케이트는 내가 걸을 때마다 기분 좋게 내 등에 부딪쳤.

그 밤은 아주 조용했고 수없이 많은 별들이 반짝이고 있었다. 모든 것이 너무도 사랑스러운 밤이었다. 모든 것이 너무 사랑스러워 나는 스케이트장까지 거의 뛰어갔다. 다행히 길 위에 재를 뿌려 놓아서 미끄러지지도 않았다. 내 걸음 걸음마다 재들이 마치 크래커 비스켓 같이 바삭바삭 거렸다.

스케이트장에 갈 때면 난 언제나 헌 신발을 신는다. 우리 집에서 스케이트장을 가려면 남의 집 뒤뜰을 가로 질러가야 되는데, 시들은 여름풀들이 삐죽이 얇은 얼음 위로 뻗쳐 나와 있었다. 이 길로는 사람이 많이 다니지 않았다. 땅 위에 꽁꽁 얼어붙은 옥수수 그루터기 사이의 움푹 파진 곳에 있는 얼어붙은 눈이 내 발길에 부서졌다.

내가 오두막집에 도착했을 땐 숨이 차올랐다. 뛰어와서도 숨이 찼고, 그 밤이 너무나 아름다워서도 숨이 찼다. 오두막집은 언제나 정겨운 곳이다. 마룻바닥은 스케이트 날에 찍혀 상처투성이고 나무 벽은 낡은 로맨스 같은 상징들이 벽화를 이루고 있었다. 누군가 난로에 너무 가까이 다가가 털옷을 그을린 듯한 냄새가 나고 있었다.

한 떼의 소녀들이 머리에 눈을 맞은 채 떠들면서 문을 열고 들어오다가 마루 위에 흩어져 있는 신발에 걸려 넘어지기도 했다. 그 틈에 여드름투성이의 한 소년이 8학년 금발소녀의 모자를 날쌔게 잡아채어 덧신 속에 쑤셔 넣고는 시치미를 떼고 다시 스케이트 끈을 매는 척 하고 있었다.

내가 스케이트를 신는 데는 그리 오래 걸리지 않았다. 내 신발을 벤치 밑에 깊숙이 밀어 넣어 남의 발길에 채이지 않도록 했다. 그리고 집에 갈 때 쉽게 찾을 수 있도록 해놓았다. 발끝으로 밖으로 나온 스케이트의 칼날을 조정하여 마룻바닥을 콕콕 찍었다.

밖에는 눈이 조금씩 내리고 있었다. 손에 닿자마자 빠르게 녹아버리는 눈송이들이 별이 떠 있는데 어디서부터 오는 건지 모르겠다. 어쩌면 그 별들은 내가 어둠 속을 올려다 볼 때마다 내 눈 속에 있었는지도 모른다. 나는 잠시 기다렸다. 혼잡한 스케이트장에서 스케이트를 타는 것은 움직이는 회전목마 위에 올라타는 것과 같다.

스케이터들은 화려하게 색칠한 것처럼 색색의 모습으로 휙휙 지나갔다. 높은 음정의 재잘재잘대는 소리가 웅변 여신 칼리오페의 목소리처럼 어둠 속에 메아리쳤다. 그 안에 들어가자 아주 괜찮아졌다. 거친 얼음이 어디쯤 있는지 정확히 안 다음부터는 그저 돌고, 파여진 데는 뛰어넘고 했다.

그때 그가 온 것이다. 별안간 그의 팔이 내 허리를 단단히 감아 안더니, 아무렇지도 않다는 듯 이렇게 말했다.

"같이 스케이트 탈래?"

그러면서 내 손을 잡았다.

그것이 전부였다. 그뿐이었다. 그리곤 우리 둘은 같이 스케이트를 탔다. 내가 전에 남자애와 스케이트를 한 번도 타지 않았다는 것은 아니다. 앞에서도 내가 얼굴이 넓다는 것을 말했었다.

그러나 이번 경우는 달랐다. 그는 사근사근했다. 그는 학교에서 가장 우뚝한 존재였으며 큰 댄스파티엔 언제나 참석했다. 해롤드 라이트를 빼놓곤 이 타운에서 가장 춤을 잘 추었다. 그러나 라이트가 2년 전에 뉴욕에 있는 대학에 가버렸으니 그가 당연히 1인자가 된 것은 두말할 나위가 없다.

처음에 나는 우리가 무슨 이야기를 했는지, 심지어는 우리가 이야기를 했는지조차 기억나질 않았다. 우리는 같이 스케이트를 타고 또 타다가 그 파여진 데를 지날 때는 같이 웃고, 그렇지 않을 때도 줄곧 웃었다. 모든 것이 다 아름다웠다. 그런 다음, 우리는 스케이트장 끝의 눈 쌓인 둔 턱에 앉아 서로 바라보고만 있었다. 차가운 눈덩이 위에 앉아 있자니 스케이트 바지를 입었는데도 처음에는 추웠으나 금방 따뜻해져 왔다.

그는 눈을 한웅큼 쥐어 내 머리 위에 던지고는 이내 나한테 기대면서 털어주었다. 나는 숨이 멎을 것만 같았다. 밤도 정지해 버린 듯했다.

오두막집 위로 막 떠오른 달은 마치 네 개로 자른 커다란 참외 조각같이 걸려있고, 파이프 굴뚝에서 나오는 검은 연기는 안개처럼 하늘로 퍼져갔다. 스케이트장 주변의 집들의 불빛이 하나 둘 꺼지기 시작했고, 누구네 집개인지 슬피 울고 있었다.

 모든 것이 너무도 사랑스러웠다. 이윽고
"집에 갈까?", 집에 데려다 줄까?, 집이 머니? 가 아니라 그냥 "집에 갈까?"였다.

 말투만 봐도 그가 나를 집에 데려다주고 싶어 한다는 걸 알 수 있었다. 데려다 주어야 하기 때문이 아니라 데려다주고 싶기 때문이었다.

 그는 내 신발을 가지러 오두막 안으로 들어갔다.

"까만색이야."

하고 내가 알려주었다.

"가르보와 같은 사이즈야."

그리고는 우리는 다시 크게 웃었다.

 돌아와서도 그는 여전히 웃음 띤 모습을 하고 있었다. 그는 내 스케이트를 벗겨 스케이트의 흠뻑 젖은 줄을 묶어 자기 어깨에 걸쳤다. 그리고는 그가 손을 내밀었고, 나는 눈 쌓인 둑에서 미끄러지듯 내려와 앉았던 바지의 눈을 털었다. 갈 준비는 다 된 것이다.

 눈은 점점 더 많이 내리고 있었다. 크고 소리 없는 눈송이가 나뭇가지에 걸려있기도 하고 나무 둥치에 붙어 있기도 했다. 그 밤은 마치 검은색과 흰색으로만 그린 판화와 같았다.

 집이 너무 가까워 안타까웠다. 그는 마치 비밀이나 얘기하듯이 부드럽게 소근거렸다. 내가 웨인 킹을 좋아하는지, 내년에 대학에 갈 계획인지, 자기 동생과 아는 사촌이 혹시 애풀톤에 사는지, 에밀리포스트류의 품행방정한 얘기 끝에 내가 얼마나 예쁘게 보였는지, 그리고 달이 이렇게 가깝게 보인다는 걸 예전에 본 적이 있는지 하는 얘기들을 속삭였다.

달은 걸어가는 우리를 줄곧 따라오다가 내가 쳐다볼 때면 굴뚝 뒤로 장난스럽게 머리를 숨기곤 했다. 그러는 사이 어느덧 우리 집에 다 왔다. 현관에 불이 켜져 있었다. 우리 엄마는 내가 밤에 어딜 나갔을 때는 으레 현관 불을 켜두었다. 잠시 현관 계단 위에 서 있을 때 눈은 전등 불빛 속에 분홍빛으로 변하고 깃털 같은 눈송이 몇 개가 그의 머리 위에 떨어졌다.

그가 스케이트를 내밀어 내 어깨에 걸쳐주며 말했다.

"잘 자, 내가 전화할게."

내가 안으로 들어가자 그는 곧바로 가버렸다. 나는 내 방의 창에서 그가 길을 걸어 내려가는 것을 바라보았다. 그는 낮게 휘파람을 불었고, 나는 그 소리가 사라질 때까지 그대로 바라보고 있었다.

그 밤의 속에서 내게 들려온 건 그가 부는 휘파람 소리인지 내 심장의 고동소리인지 잘 알 수가 없었다. 마침내 그는 가버렸다. 완전히 가버렸다.

나는 전율했다. 어쩐지 어둠도 변한 것만 같았다. 별들도 먼 하늘에 있는 작고 단단한 빛 조각 같았고, 달도 부루퉁해져서 노란빛으로 내려다보는 것 같았다. 공기는 갑작스럽게 차지고 거친 바람이 그의 발자국을 하얀 빙각 속으로 지워버렸다. 그리고는 모든 것이 고요해졌다. 그러나 그는 말했었다. '내가 전화할게.' 그렇게 말했었다. '내가 전화할게.' 나는 밤새도록 잠을 이루지 못했다.

그런 일이 있었던 게 지난 목요일이고 오늘은 화요일이다. 오늘 밤은 화요일 밤이고 나는 숙제도 다 했고, 별로 필요한 일도 아닌데 스타킹을 몇 켤레 꿰매고 크로스워드 퍼즐도 했으며, 라디오를 듣기도 하면서 지금은 그냥 앉아 있다. 다른 할 일이 아무것도 생각나지 않아 나는 그저 앉아 있는 것이다.

눈송이와 스케이트와 노란 달, 그리고 목요일 밤 이외에는 아무것도 생각할 수가 없다. 구석 테이블에 놓여 있는 전화기가 심술궂게 쳐다보는 것 같아 그 검은 얼굴을 벽 쪽으로 돌려놓았다. 전화벨이 울려도 다시는 놀라 펄쩍 뛰어오르지는 않으리라 마음을 다잡았다.

내 가슴은 아직도 기도하는 심정이지만 울고 싶은 마음뿐이다. 밤은 고요하다. 너무 고요해서 나는 미칠 것만 같다. 흰 눈은 모두 더러워져 회색빛으로 변해 버렸고, 켜놓은 등불 밑 잔디밭은 바람에 흔들리는 나무들의 기묘한 그림자가 어른거린다. 나는 아무 감정도 없이 그저 앉아만 있다.

모든 걸 갑자기 깨닫게 된 순간 나는 슬픈 느낌조차도 없다. 이제 나는 오래도록 이대로 여기 앉아 흘러나오는 눈물이 입 모서리로 흘러가는 사이에 웃고 또 웃을 수 있다. 갑자기 나는 모든 걸 깨달은 것이다. 저 모든 별들이 이미 알고 있었던 것을 이제야 깨닫게 된 것이다. 그가 결코, 결코 전화하지 않으리라는 것을.

말없이

▎원작 : 엘리어트 머릭

　잰 맥캔지는 산등성을 넘어오다 멈추었다. 그의 장갑 낀 한 손은 총을 들고 다른 손은 도끼를 들고 있었다. 그 아래는 얼어붙은 강이 산과 산 사이를 가로지르고 있었다. 자작나무 강 언덕에 황혼이 들어 푸른색이 짙어 가고 있었다.
　잰은 이러한 시적인 환상에 젖어 있을 사람이 아니었다. 이 같은 감상은 라브라도 반도의 한 가운데서 외로운 사냥을 하고있는 스코트 에스키모의 혈통에 어울리는 것이 못 된다. 하지만 여러 날과 밤을 전나무 숲에서 지내다 강으로 나온 잰은 이러한 광경의 황홀함을 외면할 수 없었다.

강을 따라 동쪽으로 전나무 숲이 뻗어 있고 그 언저리에는 작은 호수들이 끝없이 펼쳐있다. 이 강이 50마일 떨어져 있는 가장 가까운 이웃과 연결해 준다. 또한 이 강을 따라 가면 그의 부인 루스가 기다리고 있는 집에 도달하게 된다. 9월 초 다른 동료들과 카누를 타고 집을 떠난 지 9주가 된다. 터너 포구의 부두에서 카누를 띄우고 강 상류로 50마일을 올라왔다. 동네 사람들이 환송의 손을 흔들어 주었고, 하늘로 솟은 공포가 그들의 장도를 축하해 주었다.

"땅 땅, 잘 다녀와요."

떠나는 사냥꾼들도 짐에 겨워하는 카누에서 총을 하늘에 대고 땅땅, 쏘면서 축포에 답례를 했다. 그들은 노를 저으며 강 저편으로 사라져 갔다. 5개월간은 서로 떨어져 있어야 할 운명이다. 이 요란한 석별은 자기 목소리 이외는 아무것도 들을 수 없는 한적한 곳에서 지내야만 할 사냥꾼들에게는 기억될만한 즐거운 추억이 되고 있다.

잰이 모피를 갖고 루스에게 돌아갈 날은 아직도 3개월이나 남았으며, 그는 강가의 숲을 따라 거처할 집을 찾으면서 잠시 집에 돌아갈 생각에 젖어 있었다. 그가 도달한 곳은 창 하나와 문이 있는 오두막집, 지붕은 자작나무 토막으로 이어져 있었다. 여기에는 침낭 하나만이 있다. 그래도 하늘을 보고 야영하는 것보다는 훨씬 고급이다. 잰이 여기에 도착했을 땐 어둠이 깔려 있었으나 눈 위의 신발 흔적을 식별할 수가 있었다. 누군가 여기에 있었음이 분명했다.

"안에 누가 있어요?"

몇 초 후 산마루로부터 똑같은 말이 메아리가 되어 돌아왔다. 잰은 골짜기를 지나면서 신발 자취를 유심히 보았다. 거기에는 세 가지의 신발 자국이 있었다. 하나는 남자의 큰 발자국, 둘은 여자의 작은 발자국이다. 이 작은 발자국에는 땔 나무를 끌고 갔던 흔적이 있었다.

　잰은 배낭을 집어 던진 채 오두막으로 황급히 들어갔다. 이런 눈신 발은 마튜 외에는 아무도 만들 수가 없다. 그는 세븐 아일랜드 인디언 부족에 속한다. 마튜 이외에 어느 누구도 여기에 오두막이 있는 것을 아는 사람은 없다. 작년에 마튜, 그리고 그의 처와 딸이 와서 차와 설탕을 요구한 적이 있다. 그들이 여기에 또 한 번 다녀갔다.

　"배고픈 자에게 식량의 주인은 없다"

　라는 인디언의 구호가 생각난다. 여기에 50파운드 밀가루 세 포대가 있었는데 두 포대만 남아 있다. 촛불 액이 침대에 흘려내려 있었고 고기를 구웠던 냄비는 씻지도 않고 그대로 방치해 놓았다. 침대 밑을 뒤져 콩과 촛대 여러 개를 갖고 가버렸다. 소금에 절인 돼지고기는 반 토막을 내어 가지고 갔다.

　홧김에 잰이 모피 가방을 찢어 열어보니 그것은 그대로 있었다. 거기에는 검정색의 반짝이는 수달 모피가 추가되어 있었다. 자세히 살펴보니 무게도 있고 두터워 족히 60달러의 가치는 있는 것으로 보였다. 그러나 잰은 이것을 보는 순간 더욱 화가 치밀었다.

　마튜는 이 보잘것없는 모피로 식량값을 지불했다고 생각하겠지? 촛불을 밝히는 그의 손은 분에 못 이겨 떨고 있었다. 그로 인한 식량 부족 때문에 숲속에 있는 5개월 동안 허기진 배와 싸워야 한다. 덫을 놓아둔 곳을 감시하면서도 짐승을 잡아야 한다. 문득 그는 집에 두고 온 처와 생활에 필요한 모포, 난로를 생각했다. 허나 그의 벌이는 숲속의 5개월이 가져오는 것이 전부다. 마튜는 먹을 것을 훔치는 것이 큰 죄가 아니라고 생각했을 것이다. 그리고 그에게는 이 오두막집이 큰 위로가 되었을 것이다.

잰은 총을 들어 실탄 창을 비웠다. 식량, 그것도 밀가루 한 포대, 그것이 뭐, 대단한 것인가? 아니다. 한 컵, 아니 한 스푼의 식량부족으로 죽어가는 사람들이 얼마나 많은가? 잰은 순록을 잡기 위해 새로운 탄창을 천천히 장진했다. 잰은 인디언 세 명을 사살하여 얼음 속에 묻은 적이 있었다. 잰은 이 사실을 언제까지 묻어둘 수 있을까? 성경에서도 "눈은 눈으로, 이빨은 이빨로 대하라."고 말하고 있지 않은가?

벌써 자정이 되었다. 그는 난로에 장작을 지피고 잠자리에 들었다. 오랜만에 맛보는 단잠을 청했다. 그가 일어난 것은 새벽 5시, 촛 불등을 들고 강가로 나가 신발 흔적을 살펴보았다. 마튜가 지나간 것이 분명하다. 그 뒤로 그의 아내와 딸이 따라갔다.

그는 발자취를 따라 강을 건너 산등성이를 타고 올라갔다. 동이 트자 얼어붙은 강이 산등성이의 그림자와 어울려 광채를 발하고 있었다. 빽빽이 들어선 산림속으로 들어가자 이상한 느낌이 들었다. 혹시 마튜가 이곳 어딘가에서 잠복하고 있지 않을까? 아니면 마튜 자신도 누구에게 추적당하고 있다는 것을 알아차렸는가?

숲속에서 인디언들은 생활의 지혜를 터득했다. 잰이 과연 인디언 사냥꾼을 끝까지 추적할 수 있을까? 불가능하겠지만 한번 시도해 볼 만은 하다.

마튜 일행이 이곳을 지나간 것은 이틀 전이다. 그들은 썰매를 갖고 있어 앞으로 전진하는데 보다 유리했겠으나 새로운 길을 뚫어야 하는 어려움이 있을 것이다. 잰은 이미 터 있는 길을 따라가는 이점이 있으나 그 길도 얼어붙어 만만치가 않다. 그들은 겨울을 나기 위한 장비, 모포, 주방 기구, 고기잡이 그물 등을 운반해야 하나 잰은 사냥용 배낭 하나만 갖고 있다. 그 안에는 빵, 차, 설탕 등이 들어있다. 이 모든 것을 감안한다 해도 그들을 따라잡기 위해서 잰은 그들보다 두 배 이상 빨리 걸어가야만 했다. 그들이 차를 마시기 위해서 머물렀던 곳에서 잠시 멈추었다. 차의 잔재들이 나뭇가지에 얼어붙었다.

잰은 전나무가 울창한 숲속을 쪽 제비같이 누비고 있었다. 나뭇가지와 방해물을 뚫고 많은 고개를 넘었어도 그는 지칠 줄 몰랐다. 그는 통나무 위에서 잠시 휴식하면서 빵을 먹고는 파이프에 불을 붙였다. 아직도 서릿발이 강하여 그가 숨을 쉴 때 더운 공기가 이슬로 변하여 모자 앞 언저리를 하얗게 적시고 있었다.

해가 지기 전에 잰은 벌써 제1 캠프를 지났다. 황혼이 그의 길을 비춰 주어 순조롭게 전진할 수 있었다. 별이 총총한 하늘 아래 개울가에서 불을 지펴 차를 끓여 마셨다. 여기저기에서 나뭇가지가 눈의 무게를 지탱하지 못하고 부러지는 소리가 들리고 얼음 밑에서 개울이 속삭인다. 서쪽 언덕에서는 부엉이가 울고 있다.

추위 때문에 잠에서 깰 때마다 잰은 모닥불에 나무를 지폈다. 다시 잠을 청하려고 해도 모닥불이 눈에 들어와 좀처럼 잠을 잘 수가 없었다. 일어나 모포를 뒤집어쓰고 생각에 잠겼다.

'바보짓을 했군. 여긴 인디언이 다니는 길목이 아닌데, 강가에서만 인디언을 추적한다고 시간을 허비했구만. 인디언은 높은 산등성이에 있는데…'

그는 시장끼를 느꼈다. 음식을 더 가져왔어야 했는데. 마튜를 사살하지 못한 것이 후회가된다. 허나 여자들을 방황하게 하고 굶주리게 하는 것은 부질없는 일이다. 방아쇠를 당겨 그가 쓰러지는 모습을 상상하자 소름이 스쳐가는 것을 느꼈다.

다섯 시 반, 그는 차를 끓여 마시고 다시 길을 재촉했다. 한 시간 더 잘 수도 있었는데. 어둠이 느리게 가신다. 피곤은 해도 그는 휴식을 취할 수가 없다는 것을 알았다. 일의 종말을 보아야 한다. 서로가 피를 많이 흘리지는 않을거야. 여기가 너무 춥다.

인디언은 서북쪽으로 향하고 있다. 아마도 허드슨만으로 흐르는 강 상류의 판치카마트 호수로 올라갈 것이 분명하다. 마튜는 거기에 있는 것이 안전하다고 생각했을 것이다. 그곳은 잰이 있는 곳에서 멀리 떨어져 있어 3일간의 식량으로는 그들의 추적이 불가능했다.

아침에 잰은 제2 캠프를 지나쳤다. 정오에는 타원형의 늪지에 도착했다. 이 늪지는 가장 단거리의 직경이 6마일이나 된다. 이 불모지의 저변에는 썩은 나무들이 널려 있고 전나무도 사람의 머리를 넘지 못하고 있다. 나무들의 머리 부분은 썩어들어 떨어지고 일부 나무들은 바람에 시달려 말라 버리고 자라지도 못했다. 이 황량한 들판과는 대조적으로 푸른 숲속은 아늑하고 친근한 분위기를 자아내고 있었다. 무자비한 서북풍은 나무를 말라죽일 뿐만 아니라 비바람이 몰아치면 인간도 견디기 힘든 곳이다.

인간의 흔적은 희미해졌고 바람이 모든 것을 지배하고 있었다. 1마일 밖에는 아무것도 없고 썰매에 패인 흔적만이 남아 있었다.

동쪽으로 갈수록 인간의 흔적이 눈에 파묻혀 점점 흐려지고 있었다. 마튜는 서북쪽으로 간 것이 분명했다. 나무 위 잘려나간 부분이 그들의 행방을 알려주는 표식이 되었다. 마튜는 왜 습지의 중심에서 동쪽의 가파른 산등성이로 방향을 틀었을까?

잰은 인디언의 모카신을 신고 있어 발가락에 통증이 오기 시작했다. 발을 동동 구르고 장갑 낀 채 손뼉을 치고 곡선을 그리면서 걸어갔다. 날아다니는 눈발이 바람을 만나 소용돌이치며 내려오고 있었다.

잰은 발길을 멈추고 바람이 불어오는 방향에 등을 기대고 서있었다. 마튜가 푸른 벨트가 있는 곳을 통과할 것이라는 그의 판단은 누가 보아도 분명한 것이기에 이 길을 통하여 추적한다면 오히려 역 이용당할 가능성이 커졌다. 그는 늪 한가운데서 가던 길을 바꾸었다. 그곳으로 가 보았자 흔적을 발견할 수 없을 것이 뻔하다. 여인들이 썰매를 운반해야 하기때문에 그들의 행보는 느릴 수밖에 없다. 산등성이 보다는 계곡을 따라 올라갔을 것으로 짐작이 갔다.

잰은 배낭을 메고 보이지 않는 정상을 향하여 걸음을 계속했다. 발걸음이 가벼워 졌고 기분도 좋아 노래가 절로 나왔다. 바람이 불어와 노래소리를 가로 채운다. 이 조용한 숲속에서 노래를 부르면 수마일 떨어져 있는 나무들까지도 듣고 있는 듯하다. 그는 저음의 바리톤으로 노래를 불렀다.

"오, 우리는 저편에 있는 이상한 불빛을 보았네.
우리는 바람과 살을 찌르고 있는 추위를 극복했네.
가장 반가운 것은 저편 우리 집의 등불을 보는 것일세."

눈바람이 몰아쳐 강가의 언덕을 분간할 수 없게 되었다, 그는 마치 눈 바다 한가운데 고립되어있는 것 같았다. 위로 봐도 눈, 아래를 봐도 눈, 사방을 둘러봐도 눈이다. 때로는 바람 자체가 그에게는 나침반과 같았다. 바람은 어릴 때부터 그의 여정의 길잡이가 되어왔다.

일몰이 되었을 때 잰은 푸른 산자락 저편에 인디언이 지나간 흔적을 발견했다. 이제야 그는 사냥꾼만이 가질 수 있는 희열을 맛보았다. 그들은 꼼짝없이 잡혀있다. 그들의 운명도 종말로 접어들었다.

1마일 저편에서 인디언은 야숙을 하고 있었다. 잰도 가까운 곳에 야숙을 하기로 했다.

도중에 그들이 지폈던 화덕을 보았다. 아직도 열기가 남아 있었다. 나뭇가지 아래에 순록 모피 자루, 송어잡이 그물, 무거운 철 냄비가 숨겨져 있는 것을 보니, 짐을 가볍게 하여 걸음을 재촉하려고 했음이 분명하다. 그들은 추적당하고 있음을 감지했을 것이다.

잰은 전나무 밑에 텐트를 치고 잠시 생각에 빠졌다. 인디언이 추적당하고 있다는 것을 알까? 아니다 모를 수도 있다. 마튜는 안전한 곳에 있다고 생각했을 것이다.

그는 순록 외투를 입고 모포를 뒤집어쓰고 있어서 근래에 가장 달콤한 잠을 잘 수 있었다. 그러나 이곳에서의 야숙은 위험한 짓이다. 마튜가 언제 나타날지 모른다. 사방이 칠흑 같이 어두운데 모닥불이 있어 좋은 표적이 될 수 있다. 그는 마튜가 자기에게 총을 겨누리라고는 예상하지 못했다. 몇 년 전만 해도 마튜 아버지는 터너 포구 언덕에 캠프를 새우고 그 사촌들은 잰과 씨름하며 여름을 보냈다. 마튜도 달리기 시합도 하면서 함께 어울렸다.

모닥불 옆에서 그는 잠시 생각에 잠겼다. '마튜, 너 진정 나를 사살할 것인가? 아니면 나를 어떻게 하겠나? 아마 나는 그를 사살할 거야. 마튜는 내 식량을 훔쳐 가겠지. 나는 그의 식량에 손을 대지는 않을거야. 마튜가 나타나지 않거나 내 식량 전부를 갖고 가지 않는다면 나는 그에게 감사해야 해.'

여러 가지 궁리 끝에 그는 이렇게 결정했다.

"마튜가 나타나서 나를 쏜다면 하는 수 없지. 그의 마음대로 하게 내버려 둘 수밖에. 허나, 마튜가 나타나지 않는다면 내일 밤까지 나는 그를 사살할 거야."

하늘의 별들마저 찬란한 빛을 잃고 창백하게 보였고 동쪽 하늘은 어느덧 잿빛으로 변하고 있었다. 잰은 날이 밝기 전에는 움직이지 않으려고 했다. 마튜가 어디에서 나타날 것만 같았다. 그는 걷다가 걸음을 멈추고 사방을 살펴보았다. 그는 숨을 죽이기 위해 입을 열어 놓고 있었다. 오후 늦게 숲속을 거닐 때 무엇이 떨어지는 소리를 들었다. 놀라서 사방을 두리번거렸다. 낮은 나뭇가지가 바람에 흔들려 돌을 굴러내렸다. 그는 신발 흔적이 있는 쪽으로 살그머니 접근했으나 아무것도 보이지 않았다. 신발 흔적을 발견했으나 눈에 덮혀 있어 마튜의 흔적을 구별할 수가 없었다. 마튜는 여인들을 뒤돌아보지 않고 자신의 걸음 속도로만 올라간 것 같다. 여인들은 무거운 짐을 버리고 앞선 그를 따라가려고 했음이 분명하다. 얼마나 가련한 여인들인가. 같은 여자인 루스가 과연 이러한 일을 감당할 수 있을까?

걸어가면서 잰은 식량 대신 수탈 모피를 놓고 간 마튜를 생각했다. 인디언은 이곳에서 오랫동안 사냥을 하며 살아왔다. 그들 간에는 밀가루 한 포는 굶주린 자의 것이라는 통념이 퍼져 있다. 식량은 훔쳐 가도 모피에는 손을 대지 않는다. 인디언은 필요악인지도 모른다. 사냥꾼들이 카누에 짐을 가뜩 싣고 강을 거슬러 올라가느라 피로에 겨워 있을 때, 커다란 늪을 가로질러 짐을 운반하다 등이 휘어질 때, 무릎이 소진하여 더 이상 걸어갈 수 없을 때, 때맞춰 나타나서 도움을 준다. 그들이 도울 때는 식량이 더 이상 필요하지 않은 것처럼 보인다.

하늘은 점점 잿빛으로 변했다. 어둠이 빨리 오는 것 같다. 공기에 습기가 더하여 추위가 더욱 무겁다. 눈이 한바탕 퍼부어 댈 것 같다. 식량이 떨어져 여기에서 고립되면 큰 낭패가 된다. 잰은 자기 자신이 점점 무력해지는 것 같았다. 토끼 덫을 놓았다. 토끼 아니면 까투리가 잡힐까?

잰은 호숫가에서 나무에 등을 기대고 넋을 잃고 서 있었다. 눈이 오고 어두워지면 모든 인적이 지워진다. 그때 무슨 냄새가 그의 코를 자극했다. 무슨 냄새일까? 그는 머리를 들어 다시 냄새를 살폈다. 나무를 때는 냄새라는 것을 알아냈다. 눈발이 굵어지기 전에 불을 피운다는 것이 믿어지지 않았다. 눈이나 펑펑 내려라, 6피트 까지. 잰은 그들을 잡았다고 믿었다. 이제는 도주하지 못할 거야. 그들은 독 안에 든 쥐다. 마튜가 실수를 한 것이다.

산등성이 넘어 울창한 나무숲에 잰은 모닥불을 피웠다. 바람이 이쪽으로 불기 때문에 그들은 냄새를 맡을 수 없을 것이다. 그는 굶주림과 피로에 뼈속까지 지쳐 있었다. 불에 냄비를 얹어 차를 끓여 마시고 마지막으로 남은 반누크 빵을 해치웠다. 파이프 담배도 끝까지 다 피웠다. 배낭과 도끼를 내려놓고 총을 들고 호수를 건너 접근했다. 주위는 칠흑같이 어두웠다. 눈은 솜털같이 부드러워 자신의 발소리를 죽여주었다. 그는 저쪽 돔 모양의 천막에 불이 켜져 있는 것을 목격했다. 그 안에서 촛불이 어둠을 밝히고 있었다.

잰은 땅에 납작 엎드려 포복으로 목표물에 접근했다. 썰매 두개가 나무에 매여 있고 도마, 도끼 등이 있었다. 눈신발은 나뭇가지에 걸려있었다. 안에서는 두 여인이 빵을 굽고 있었다. 프라이팬이 난로 위에서 지글거리는 소리를 들을 수 있었다. 그들은 낮은 목소리로 노래하듯 소근 대고 있었다. 그들의 목소리는 인간의 그것이 아니라 얼음 밑에서 졸졸 흐르는 개울소리 같은 것이었다. 그는 이 평화로운 분위기에서 그들을 향해 잔인하게 총을 쏘아댈 용기가 나지 않았다. 마튜를 먼저 해치워야 한다. 그는 어디에 있나? 그의 눈신발은 왜 보이지 않나?

잰은 숨을 죽이고 기다리고 있었다. 바람, 눈, 여자의 소리, 프라이팬

소리만이 있을 뿐이다.

　15분, 30분, 그는 그대로 있었다. 추위가 엄습해 온다. 이 상태로 밤을 샐 수는 없다. 그는 슬그머니 기어 나와 이곳을 떠나가고 있었다. 그림자같이 조용하게 그는 호수를 다시 가로질러 자기 캠프로 돌아왔다. 불이 꺼져 있었다. 얼어붙은 손을 배낭에 넣어보니 거기에는 뭔가 이상한 것이 있음을 알았다. 거기에 잊지 말아야 할 것이 있었다. 그는 그림자를 보고 그곳에서 자기에게 발사될 총탄을 상상하며 공포의 상상에 말려들었다. 어둠 속에서도 그의 눈동자는 두리번거렸다. 그는 돌처럼 굳어 있었다.

　여기에는 아무것도 들리지 않는다. 눈이 내리는 조용한 소리만 들릴 뿐이다.

　잰은 냄새를 맡기 시작했다. 갓 구운 빵이 달콤한 냄새를 풍긴다. 그는 장갑을 벗어 다시 배낭을 뒤져 본다. 거기에는 아직도 온기를 지니고 있는 배노크 빵 일곱 개가 있었다.

　마튜! 하고 그는 속삭였다. 아무런 대답이 없다. 그는 불을 켜 빵을 바라보았다. 그는 빵 하나를 집어 씹으며 부끄러운 듯이 고개를 흔들어 댔다. 털썩 주저앉으니 온 근육이 느슨해지는 것 같았다. 그는 깊은 한숨을 내쉬었다.

　지금은 모든 것이 다르다. 잰은 나뭇가지도 소리 내어 치고 공공연히 불을 피운다. 누구에게 노출되어도 두려울것이 없다. 그는 추운 공기에 떨고 있다. 얼마 전만 해도 그는 상상도 못할 그런 우를 범할 공포에 떨고 있었다. 그것은 악몽과도 같았다. 당장이라도 인디언 캠프로 달려가 그 부인에게 구멍이 뚫린 바지를 기워달라고 부탁하고 싶은 의향이 없는 것도 아니다. 난로의 온기가 있는 인디언 텐트에서 잠을 자고 싶은 충동도 느꼈다. 그들은 나를 얼마나 비웃을까?

잰은 부끄러워 어쩔 줄을 몰랐다. 분명히 마튜는 자기보다 훌륭한 사람이라고 생각했다. 숲속에서는 자기보다 영리하고 성품도 너그럽다. 밀가루 한 포를 훔쳐 간 사람을 죽이려고 한 그에 비하여 마튜는 자기를 죽이려 한 사람을 용서했다. 마튜는 위험을 무릅쓰고 말없이 그를 찾아와 먹을 것을 놓고 갔고 잰은 그런 마튜를 추적하여 죽이려 했다. 마튜는 주린 배를 쥐고 호수를 건너가는 그를 못내 아쉬워했던 것이다.

마튜! 그대는 우리가 적의를 갖고 말없이 이별하는 것을 원하지 않았겠지. 이 삭막한 숲속에서도 인정과 사랑의 꽃이 피어난다.

무도회에 다녀와서

▌원작 : 셸리 벤슨

　　나는 시골의 한적한 호텔에서 고모 줄, 고모부 냇과 함께 머물고 있다. 여기에 유숙하고 있는 동안 일기를 쓰려고 하나 여기 생활이 건조하고 따분하여 일기장에 들어갈 만한 일들이 있을지 의문이다. 고모가 35세, 고모부는 그보다 많은 나이로 보아 나의 생활은 단조로움의 연속일 것만 같다.
　엄마와 아빠는 한 달간 외국에 여행 중이라 나를 대동하지 못한 미안함에 대한 보상으로 나를 고모 내외와 함께 지내도록 했으나 나에게는 노인들과 같이 지낸다는 것이 얼마나 지루한지 상상조차 하기 싫다. 월터가 있다면 몰라도. 이곳 생활은 조건에 따라 달라질 수 있다.

월터가 있다면 얼마나 좋을까? 이 순간 나의 심장은 멎은 듯하다.

이곳에 와 있게 되어 우리 두 사람은 첫 번째 이별의 쓰라림을 맛보게 되었다. 지루한 17일 동안, 내일이면 17일이 된다. 오늘 만찬에서 호텔 오케스트라가 옛날 곡을 연주했다. 이 곡은

"내가 너를 얼마나 보고 싶어 했던가."

라는 제목이었는데 바로 나의 심정을 헤아려 주는 곡이었다. 나도 엄마가 죽도록 보고 싶다. 허나 엄마와 떨어진 생활에 익숙한 나에게 엄마는 나의 약혼자와는 다르다.

앞으로는 우리 사이에 이별이라는 말은 없겠지. 우리는 오는 12월에 결혼하게 되니까. 내가 엄마에게 결혼 얘기를 꺼냈을 때 엄마는 조롱의 웃음을 지었지.

"겨우 18세에 결혼이라니 너 미쳤구나."

엄마는 월터를 이방인으로 취급했다. 사실은 엄마도 18세에 결혼 했거던. 그러나 엄마는 나처럼 그렇게 미쳐버리진 않았다. 엄마는 약혼하고 그 사람 즉, 나의 아빠와 결혼하여 초지일관했다. 그러나 나는 14살 때부터 1년에 파트너를 다섯 번이나 바꿨다. 그 후에는 그렇게 자주 바꾸지는 못했다. 모두 여섯 번을 바꾸었으니까. 그때는 당시의 상황이 나를 어쩔 수 없이 만들었다. 그들이 자기주장대로 하려고 나를 계속 괴롭혔고 들어주지 않으면 절대로 집에 돌아가지 못하게 했기 때문이다.

월터는 달랐다. 그는 그렇게 안달하지 않았어. 내가 진정 결혼하기로 작정한 것은 월터 하나 뿐이였거든. 내가 월터에게 마음을 두었다고 말하기가 무섭게 그는 결혼 얘기를 꺼냈고, 나는 어쩔 수 없이 그의 뜻을 받아들였다. 그리고 그에게 마음을 둔 이상 지연시킬 필요가 없

다고 생각했다.

엄마도 내 생각에 동의하는 듯했다. 더 지연시킨다는 것은 아무런 의미가 없다고 생각했다. 결혼은 집에서, 신혼여행은 캘리포니아 할리우드로 갈 계획을 이미 마련했다. 12월이면 아직 5개월이나 남았다. 그때까지 어떻게 기다리지. 질식할 것만 같다.

오늘 밤 만찬장에는 두 청년이 있었다. 한 청년은 그렇다고 하더라도 다른 한 젊은이는 아주 잘생긴 청년이었다. 댄스 곡 "언제나"의 연주가 울려 퍼졌다. 내가 발티모아에서 월터를 처음 만나던 날 연주되었던 바로 그 곡이었다. 그런데 이게 웬일인가? 내 심장의 박동이 빨라진다.

7월 13일

이날은 내가 기대했던 것보다 훨씬 멋있는 날이었다. 이날 나는 두 개의 장문전보를 받았다. 하나는 월터로부터, 다른 하나는 골든 후린트로부터 온 것이다. 월터의 전문에는 모든 것이 적나라하게 나타나 있었다. 어떻게 그가 그런 용기를 갖게 되었을까? 전문 교신자가 그것을 받아 읽고 아무 일 없는 듯 단어 수를 세면서 얼마나 당황했을까?

골든으로부터 온 전문은 사뭇 충격적이었다. 그는 지난 12월에 세계 일주 여행을 떠나 어제 귀국했다고 한다. 우리 집에 전화를 하자 헬가가 내 주소를 알려주었다고 한다. 골든은 내가 월터와 사랑을 하는 사이에 여행을 떠났고 그는 여행을 하면서도 계속 편지를 보냈다. 나는 그가 어디에 있는지 몰라 답장을 보내지 못했고 또한 월터와의 새로운 관계로 그를 실망시킬 수 없었기 때문이다. 그는 아직도 우리가 사랑하고 있다고 믿고 결혼까지도 생각하고 있다. 내일 시카고에서 전화하겠다고 한다. 자, 이제 이 일을 어떻게 풀어간단 말인가? 과연 그가 월터와의 새로운 관계를 이해할 수 있을까? 그는 진실한 사람이고 월터보다도 멋지게 생긴 사람이다. 춤 솜씨도 대단하여 월터와는 비교도 되지 않는다. 월터는 평발이라 춤을 배울 수 없다고 농담으로 던진 말이 사실인 것 같다.

 골든이 전화를 하면 어떻게 말을 이어갈지 몰라 온종일 나는 괴로웠다. 생각을 하고 또 해보아도 뾰족한 방안이 떠오르지 않는다. 사실대로 말해야지 하고 내심 결정을 해도 그를 괴롭히게 된다는 생각에 멈칫거려졌다.

 나는 고모 내외와 점심을 하려고 식당으로 내려갔다. 이들은 오후에 골프를 하러 간다고 하며 나도 동행하기를 강력하게 권고했다. 나는 두통이 심하다고 사양을 했으나 이들의 권고를 뿌리치는 데 많은 노력을 허비해야 했다. 실은 두통이 있었던 것은 아니고 그저 혼자 있으면서 월터에 대한 생각을 해보기로 했다. 이외에도 골프 동행을 거절한 또 하나의 이유가 있다. 고모부가 나의 자세가 어떠니 하면서 내 손에 자기 손을 얹고 나를 포옹하듯 어깨를 감싸는 따위의 행위를 견딜 수가 없었기 때문이었다. 그것도 다른 사람이 아니고 늙은 사람일 때는 이만저만한 고통이 아니었다.

 나는 결국 그들의 권고를 뿌리치고 혼자 앉아서 테니스 치는 청년들을 바라보고 있었다. 그때 내가 어제 본 듯한 예쁘게 생긴 그 사람이 다가와 내 옆에 앉았다. 나는 거들떠보지도 않고 있었다. 우리는 잠시 주춤하다가 대화를 시작했다. 가까이서 보니 그는 더욱 고운 얼굴에다가 이제까지 본 사람들 중 유머 감각이 가장 뛰어난 사람이었다. 나는 웃음을 억제하면서 진지한 대화를 나누다 보니 시간가는 줄도 모르고 있었다.

그는 다짜고짜 록펠러 노래를 아느냐고 했다. 알지 못한다고 하자 그는 그 노래를 부르기 시작했다. 그가 다시 오렌지주스 노래를 아느냐고 하여 모른다고 답하니 그는 오렌지주스 노래에 대한 이야기를 꺼내고 나는 신경질적인 반응을 보였다. 마치 노래에 대한 나의 무지를 조롱하는 듯했다.

그의 이름은 프랭크 캐스웰. 다트머스 대학 1년을 마친 24살의 청년이었다. 그렇게 늙은 편은 아니다. 월터 보다 두 살 위, 골든 보다는 세 살 위, 그래도 그는 멋진 청년이었다.

그의 말에 의하면 지난겨울에 할리우드에 가보았고 거기에서 세계 여러 나라에서 온 사람들을 만났다고 한다. 노르마 쉬어도 만났는데 그녀는 이제까지 본 사람 중에서 가장 아름다운 여인이라고 했다.

"그녀는 이 세상에서 가장 아름다운 여인이야."

하고 반복하자 나는 못 알아들은 척 하고

"좀 분별 있는 행동을 해요. 당신이 하는 말들을 믿을 수 없어요."

하고 대꾸했다. 그가 오늘 저녁 댄스에 초청했다. 이 제안을 받고서 나는 몹시 난처해졌다. 결국 고모 내외분이 알게 될 텐데 그들이 어떻게 그 청년을 알게 되었느냐고 물으면 뭐라고 대답할까? 프랭크는 모든 것을 자기가 잘 알아서 처리하겠다고 하더니 고모부 냇이 골프에서 돌아오자 자기 자신을 먼저 소개했고 고모부가 그를 나와 고모 쥴에게 소개했다. 고모만 혼자 앉아 있었고 우리 셋은 함께 춤을 추었으며 춤이 끝난 후, 다행히 고모 내외가 취침하러 들어가 우리 둘만 남았다.

그의 춤 솜씨는 대단했다. 우리를 춤으로 이끈 곡이 너무 좋아 앙콜을 제청했다. 그 곡이 "폭포 옆 오두막집"이었다. 두 번째 춤에서 나는 잠시 멈추고 말했다. "들어봐요. 나는 더 이상 견딜 수가 없어요. 숨이 막혀요." 내가 춤에 싫증난 줄 알고 안절부절하는 프랭크의 모습이 오히려 안쓰럽게 보였다. 나는 그 곡이 바니 갤런드에서 잭 배리모어와 함께 춘 곡이라고 설명해 주었다.

 우리 둘은 그 곡이 끝날 때까지 아무 말도 하지 않았다. 오케스트라가 다른 곡을 연주하자 나의 기분이 전환되었다. 그는 잭 배리모어를 만나자고 제안했다. 그를 만난다는 것을 상상해보자. 무슨 일이 일어날지 뻔한 일이다.

 나는 고모 줄에게 11시까지 들어간다고 했는데 벌써 그 시간이 넘었다. 그래도 일기를 써야지……

 내일 골든이 전화할 텐데 뭐라고 말하지.

 "여기에 대한 문제는 생각을 거두자. 내일은 내일이다."

 나는 바로 잠자리에 들었다.

7월 14일

 골든이 오늘 아침 시카고에서 전화를 했다. 그의 목소리를 오랜만에 들으니 무척 반가웠다. 그러나 연결이 좋지 않아 잘 들리지 않았다. 내가 아직도 자기를 사랑하느냐고 묻기에 사실대로 말한다면 설명을 해야하고 게다가 연결상태도 나쁘기때문에 그렇다고 대답했다. 나는 속삭이듯이 알아듣기 어렵게 말을 했으나 그는 잘도 알아들었다. 그는 내가 답장 편지를 보내지 않았기 때문에 자기를 사랑하지 않는 것으로 믿어왔기에 나의 말에 용기를 얻은 모양이다. 그가 뉴욕으로 간다하니 정말 낭패다. 그곳에는 월터도 나타날 텐데 이 일을 어떻게 한담. 생각조차 하기 싫다.

내가 골든하고 통화가 끝나자마자 고모 쥴이 내 방에 들어왔다. 하마터면 큰일 날 뻔했다. 내 방에는 꽃이 가득 차 있었다. 월터와 프랭크가 보낸 것들이다. 그 옆에는 월터가 보낸 장문의 편지까지 있었다. 월터의 어리석은 짓을 상기시킨다. 하필이면 왜 이때 편지가 도착하여 남에게 부끄러운 모습을 노출시키고 있는가? 고모 쥴이 그 편지를 크게 읽어보라고 했다. 이제 죽었구나.

바로 이때 프랭크가 전화를 걸어와 내일 골프치러 가지 않겠느냐고 하여 이 곤경을 빠져 나갈 절호의 기회라 생각하고 크게

"가겠다"

고 대답했다. 고모 쥴은 내 두통이 가신 것 같다고 하며 기뻐했다. 고모는 나를 즐겁게 해주려고 애를 썼다.

나는 오늘 오후 프랭크와 골프를 쳤다. 그는 골프를 멋지게 쳤다. 스윙 하는 폼은 월터보다 훨씬 멋있었다. 나는 그에게 나의 스윙을 보고 무엇이 문제인지 고쳐 달라고 했다. 그는 나의 얼굴 이외에는 다른 모습을 볼 수 없다고 했다. 나는 그럴 리가 없다고 말한 후 그가 이 말을 심각하게 받아들일 것 같아 미소로 그의 생각을 분산시켰다.

우리가 다시 춤을 추기 시작하자 고모 내외가 와서 잠시 앉아 있더니 그들도 함께 춤을 추었다. 그들이 여기에 옴으로서 프랭크를 좀 더 알게 되었고 그에 대한 칭찬의 말로 나의 의중을 엿보는 듯 했다. 나는 고모 내외분이 정말 춤을 즐겼는지 의심이 간다. 늙은이들은 아무것도 즐길 줄을 모르거든.

고모 쥴이 나 보고 11시에 취침해야 한다는 말을 하지 않은 것으로 보아 그 내외가 프랭크를 좋게 본 듯하다. 부모 입장에서는 딸이 교제하는 파트너가 좋아 보이면 그것보다 반가운 일이 어디 있겠는가. 만

일 내가 좋아하고 상대가 관심을 갖지 않으면 그를 죄인, 경찰, 아니 술주정뱅이처럼 취급할 것이다.

프랭크가 또 다른 노래들로 나를 궁색하게 했다. 천식 노래를 아느냐고 묻기에 모른다고 했더니

"아, 천식 아기가 있군. 아기에 내복을 입혔네."

하고 노래를 부르기 시작했다. 그의 장난끼가 짙은 동작에 다소 경솔한 면이 보여 나를 신경질적으로 몰고 갔으나 작별 인사를 할 때는 진지했고 그의 눈도 빛났다. 월터도 이런 점에서 프랭크를 닮았으면 하고 은근히 바라는 마음이 생긴다. 이 일은 잊어버리자.

7월 15일

오늘은 밤잠을 이루지 못했다. 나는 아주 난처한 상태로 빠져가고 있음을 감지했다. 내일까지 내가 이 상태로 버틸 수 있을 지는 나도 모른다. 이것을 잊어버리려고 해도 나의 괴로움은 더 해만 갔다.

춤을 두세 번 더 추고 프랭크가 드라이브나 가자고 하여 응했다. 그는 드디어 나를 사랑한다고 입을 열었다. 나는 어리석은 짓 하지 말라고 대꾸했으나 그는 아주 진지했고 그렇게 행동했다. 그는 내가 사랑한 사람이 있었느냐고 묻기에 그렇다고 대답했다. 곧이어 다른 사람에 대했던 그런 사랑을 자기에게 주지 못하겠느냐고 하여 안 된다고 했다. 그가 내 말을 그대로 받아들일 것을 염려하여 이번에도 유머로 되받아넘기는 것이 상책이라고 생각했다.

그는 자기와 언제 결혼할 수 있겠느냐고 하여 12월 이전에는 불가능할 것이라고 농담조로 답했다. 그는 그때까지 기다릴 수 없다는 듯 난감한 표정을 지으면서도 그렇다면 내가 그때까지 기다리는데 대한 보

람을 갖게 될 것이라고 확신시켜주며 화제를 다른 곳으로 돌렸다. 나의 농담이 과했다는 느낌이 스쳐갔다.

그가 말한 것이 그저 입버릇처럼 한 것이기에 그것을 오래 기억하지 않을것으로 믿었다. 만일 자기가 말한 것을 일일이 기억하고 결혼 문제에 대하여 진지했다면 나는 월터와의 관계를 고백하지 않을 수 없었겠지. 골든과의 관계로 인한 긴장감도 나를 괴롭힌다. 이 밤을 이대로 견디어야 하나?

7월 16일

프랭크가 어제밤에 일어났던 일들을 모두 기억하고 오는 12월에 우리가 결혼한다는 것을 확신하고 있다. 이 일을 어찌 처리할까 걱정이 앞선다. 가슴을 짓누르는 것 같아 질식하여 죽을 것만 같다. 그의 식구들이 뉴욕에 살기 때문에 돌아가면 나를 소개하겠다는 것이다.

물론 이 일이 그대로 진행될 수는 없다. 내일 프랭크에게 월터와 골든에 대한 이야기를 털어 놓아야 겠다.

월터는 오늘 아침 아름다운 꽃을 보내고 전화를하여 가장 가까운 시간에 만나줄 것을 요구했다. 교환원이 이 말을 들을까봐 걱정이다. 그의 전화는 그의 편지처럼 남에게 노출되기 마련이다.

오늘따라 월터로부터 저녁 전문이 없었다. 정기적으로 오는 편지는 내 가방에 갖고 다니다가 10분 전 방에 들어와서 읽었다. 그는 내가 소식을 잘 전하지 않아 매우 걱정이 되는 모양이다. 내가 여기에 온 후 그에게 두 번 전문을 보냈고 한 번의 편지를 보냈다. 그가 여기에서 일어났던 일들을 안다면 그의 걱정은 더욱 커졌을 것이 분명하다. 그와는 12월에 결혼하기로 약속했고 엄마도 그것을 알고 있는 처지다. 누가 뭐라 하더라도 그는 장차 나의 남편으로 당당히 내세울 수 있는 사람이다.

나는 프랭크와의 점심 후 차를 몰고 어디론가 나갔다. 그는 나에게 푹 빠진 것 같다. 그가 너무 진지하여 나로서는 진실을 말할 수 있는 용기가 나지 않았다. 내일 말하지. 오늘 말한다면 불행한 날이 하루가 추가 되겠지…….

프랭크는 부유한 집안에서 태어났다고 한다. 자기 아빠가 사업 파트너로 함께 일하자고 제안했기에 이를 수락할 것이라고 한다. 그러나 그의 희망은 기자로서 장차 창작활동을 하겠다고 한다. 초기에 닥칠 어려움만 극복한다면 그가 하고 싶은 일을 시작하면서 우리들은 행복해질 것이라고 한다. 나는 그가 하고 싶은 일을 하는 게 유익하다고 생각한다. 돈이 인생의 전부는 아니기 때문이다.

그는 신혼여행을 어디로 가고 싶으냐고 물었다. 월터와의 신혼여행은 캘리포니아 할리우드로 정한 것이 떠올랐다. 그러나 월터에 대한 얘기는 하지 않고 캘리포니아 할리우드라고 말했다. 그는 거기에 가면 지난겨울에 만났던 명망있는 인사들을 소개해 주겠다는 열성까지 보인다. 이런 인사들을 아는 사람과 그곳에 같이 간다는 생각만 해도 내 분에 넘친다.

우리 둘은 저녁에 두세 곡 춤을 춘 후, 밖으로 나가 테니스 코트에 앉아 있다가 나는 계단을 올라왔다. 고모 줄이 저녁 식사 때 기분이 언짢은 것 같이 보였다. 나는 잠시 혼자 있기로 마음먹고 생각에 빠져들었다. 생각 할수록 어떤 깊은 미로에 빠져드는 듯하다.

어떤 때는 죽고 싶은 충동마저 느낀다. 그렇게 된다면 모든 것이 풀리지 않겠나? 당사자들에게도 가장 좋은 방법이 아닌가? 이 일이 지금까지 흘러왔던 방향으로 흐른다면 죽음을 피할 수 없겠지. 그러나 내일이면 일이 풀리겠지. 사실대로 말을 할 테니까. 물론, 우리 둘에게는 큰 상처를 남기겠지. 그가 입을 상처를 생각하면 미칠 것만 같다. 그걸 어떻게 견딘단 말인가?

7월 18일

나의 일기에 하루가 빠져 있다. 어제는 1분마저도 할애할 수 없을 정도로 바빴다. 내가 계단을 올라왔을 땐 너무 지쳐서 옷을 입은 채로 잠자리에 들었다. 골든이 시카고에서 전화를 하여 내가 뉴욕으로 가는 날 자기도 거기로 갈테니까 함께 만나자고 한다. 만나는 날 나의 모든 일정을 자기에게 맡겨 달라고 하고 결혼에 대한 계획을 세우자고 한다. 전화 연결상태가 좋지 않아 월터와의 관계를 말 할 수가 없었다. 프랭크와 점심 약속을하고 식당으로 들어가려는데 월터의 장거리 전화가 왔다. 그는 내가 편지나 전문을 자주 보내지 않아 몹시 서운한 듯 했다. 심지어는 자기를 아직도 사랑하느냐고 물었다. 내가 이곳에서 다른 사람을 만났느냐고 물어보기도 했다. 만났다고 말하고 그가 고모부 냇의 친구라고 했다. 결국은 나를 프랭크에게 소개한 사람이 고모부였기 때문이다. 그는 내가 집에 도착하는 25일 뉴욕에 있겠다고 했다. 그는 벌써 우리 둘의 극장 입장권을 준비했다고 하며 그 후 댄스파티에 함께 가자고 한다.

프랭크는 그렇게 오래 통화를 한 사람이 누구냐고 질기게 묻는다. 나는 오랫동안 알고 지낸 한 소년이라고 대답했다. 프랭크에게는 질투심이 발동하기 시작했다. 그는 내가 참을 수 없을 정도로 남자에 대한 질문을 던졌다. 그는 매우 진지하면서도 한편으로는 화를 잘 내어 나는 진실을 말할 수 있는 처지가 아니었다.

  나는 그날 오후 프랭크와 골프를 쳤다. 골프를 끝낸 후 드라이브를 나갔는데 월터와 골든의 전보가 도착할 시간에 맞추어 돌아오려고 했으나 프랭크가 일부러 늦어지도록 지연시켰다. 내가 다음에 만날 날짜를 정확하게 12월 10일로 정하자, 비로소 나를 놓아주었다. "12월 10일, 아마 그날이 일요일은 아닐거야."

  하고 흡족해했다. 나는 달력을 보겠다고 했다. 사실은 10일이 금요일이라는 것을 나는 곧바로 알았다. 다음날인 11일 토요일, 월터와의 결혼식이 계획되어 있었기 때문이다.

  오늘도 어제의 반복이다. 두 사람으로부터의 편지, 시카고로부터의 장거리 전화, 프랭크와의 드라이브, 그리고 방은 언제나 꽃으로 차 있다. 이제 프랭크에게 진실을 말할 때가 되었다. 골든에게도 이렇게 더 이상 갈 수 없다는 것을 말해야겠다. 숨이 막혀 질식할 것만 같다.

7월 21일

  나는 어제 골든에게 편지를 보냈다. 월터에 대한 말은 하지 않았다. 이 문제는 편지로 할 성격이 아니기 때문이다. 그가 뉴욕에 오면 말하겠다. 그가 나와 월터와의 관계를 나쁘게 받아들이지 않을 것으로 나는 확신한다. 그 대신 우리는 영원한 벗으로 남겠다는 약속으로 이 문제를 매듭지을 수 있을 것이다.

  나는 프랭크에게 어떤 말도 하지 않았다. 그는 그다지 기분이 좋은 편이 아니다. 살을 태양에 너무 태워 고통에 신음하고 있다. 골프나 춤도 출 수 없을 정도다. 그러나 내일은 분명하게 말을 해두어야만 한다. 그는 우리와 같은 기차로 동행하기때문에 내일이 아니면 기회가 없다.

그가 아무것도 모르고 허튼짓을 하게 될까봐 염려된다.

인생은 그렇게 절망적인 것은 아니다. 희망의 문은 항상 열려 있다.

지금은 10시 반, 처음으로 이른 시간에 잠자리에 드는군. 프랭크도 태운 살에 크림을 발라 고통을 진정시킬 시간을 가져야 한다.

오케스트라의 연주 소리가 들린다. 오랜만에 들어보는 "라암 하우스 블루"다. 2년 전 머얼 올리버와 처음 춤을 추었던 바로 그 곡이다. 하필이면 오늘 그 곡을 연주하는 이유가 무엇인가? 그대로 넘어가기가 힘들다. 그렇지 않아도 오늘 그의 생각이 몇 번 스쳐갔던 참이다. 그동안 그를 잊고 있었다. 지금 그는 어디에 있을까? 이것이 단순한 우연의 일치인가? 아니면 우리가 다시 만날 징조인가? 잊어버리자. 이것까지 생각한다면 죽을 것만 같다.

7월 22일

그것이 우연의 일치만은 아니다. 그것은 틀림없이 어떤 징후를 의미한다. 그리고 그것은 사실로 드러났다.

머얼이 오늘 여기, 바로 이 호텔에 나를 만나러 온다. 그가 왜 여기에 오는지 분명한 이유가 있다. 나는 그가 보스톤에서 전화를 했을 때 목소리를 듣고 그 이유를 알아차렸다. 내가 그 사람을 사랑했다는 것을 왜 모르고 있었을까? 내가 죠지 모세와 약혼을 했다고 말하자 그는 내 말을 그대로 믿었던 것이 아닌가?

그동안 그는 항상 나를 생각했고 나도 잊지 않고 있었던 것 같다. 우리 둘은 이별할 수 없는 운명을 타고 나온 듯하다. 우리가 12월까지 기다릴 수 있을까? 아니, 아빠 엄마가 돌아올 때까지도 참을 수 없을 것 같다.

머얼과의 결혼이 이 곤경을 탈출할 수 있는 최상의 방안이다. 프랭크에게도 말할 필요를 느끼지 않는다. 내가 머얼과 함께 있는 것을 보면 그도 짐작이 가겠지. 월터와 골든이 전화를 하면 집으로 저녁 초대를 하여 머얼 보고 말하게 하면 될거야. 그 둘은 각자 고통을 분담하게 됨으로 실제로는 각자에게 고통의 반이 감소되는 효과를 볼 거야.

 기차는 2시 40분, 앞으로 3시간을 더 달려야 한다. 더 기다리기가 힘들다. 기차가 늦게 도착하면 어떻게 하지? 그때까지 내가 참을 수 있을까?

국화꽃

■ 원작 : 존 스타인벡

　　겨울의 짙은 회색빛 풀란넬 안개가 살리나스 계곡을 덮고 있어 딴 세상을 만들고 있었다.
　　산 위의 사방으로 안개가 끼어 있어 그 큰 계곡은 구멍이 막힌 커다란 독 모양을 만들고 있었다. 넓고 평평한 땅은 깊이 파놓아 마치 금속이 번쩍이는 것 같았다.
　　살리나스 강 건너편 산기슭 위에 있는 목장에는 노란 풀을 깎아 놓아 마치 옅은 햇살로 목욕을 하고있는 모양을 하고 있었다. 그러나 12월인 지금 계곡은 진짜 햇볕은 비추고 있지 않았다.
　　지금은 조용히 무엇을 기다리는 시기였다. 공기는 차지만 부드러운

감도 있었다. 가벼운 남서풍이 부는 것으로 보아 머지않아 비가 오리라 농부들은 바라고 있지만 안개와 비는 함께 오지는 않는 법이다. 강 건너편에 있는 헨리 알렌의 목장에는 건초가 쌓여있고 과수원은 쟁기질을 해 놓아 비만 오면 되기 때문에 할 일은 거의 없었다. 보다 높은 경사진 산기슭에 있는 가축들은 짙은 털옷을 입고 있었다.

꽃밭에서 일하고 있던 엘리사 알렌은 마당 건너편에서 상인 차림의 두 남자와 이야기 하고있는 남편을 보았다. 상인들은 트랙터 차고 옆에서 작은 포드자동차에 발 하나를 얹어 놓고 담배를 피우면서 무슨 이야긴지 하고 있었다. 엘리사는 그들을 잠깐 쳐다보다가 다시 일을 시작했다. 엘리사의 나이는 서른다섯이다. 그녀의 얼굴은 여윈 편이나 강한 인상이고 눈빛은 물과 같이 맑았다. 원예 작업복을 입은 그녀의 자태는 아주 묵직하게 보였다. 남자용 검은 모자를 눈이 덮일 정도로 깊숙이 썼고 투박한 신발을 신었고 무늬가 있는 옷을 입은 그녀의 모습이었다. 큰 주머니 네개가 있는 앞치마를 두르고 있었는데 그 호주머니들은 가위, 꽃삽, 식칼 등을 넣기 위한 것이다. 작업할 때 손이 다치지 않게 두꺼운 가죽장갑도 끼고 있었다. 엘리사는 오래된 국화 줄기를 짧고 강한 가위로 자르고 있었다. 그녀는 가끔 트랙터 차고 옆에 있는 사내들을 내려다보았다. 그녀의 얼굴은 생기가 넘치고 성숙한 매력이 있었다. 가위질은 아주 열심이었고 힘이 넘쳤다. 국화 줄기 자르기는 그녀의 정력에다 대면 너무 작고 쉬운 일이었다. 그녀의 눈을 가리고 있는 머리카락을 끼고 있는 장갑의 등으로 올리다가 턱에 흙이 묻었다.

그녀의 뒤에는 아담하고 하얀 농가가 있었는데, 창문 높이까지 자란 붉은 양아욱 꽃이 둘러싸고 있었다. 그 작은 집은 잘 가꾸어졌고 창문들은 깨끗이 닦아 놓았고 앞 층계에는 깨끗한 매트가 깔려 있었다. 엘리사는 다시 한번 트랙터 차고 쪽을 힐끗 쳐다보았다. 그 낯선 사내들이 그들의 포드 차에 타고 있었다. 그녀는 장갑을 벗고 국화꽃의 녹색 덤불에 손가락을 넣고 잎을 벌려 민첩하게 안을 들여다보고 벌레들이 있는지 확인해 보았다. 그때 엘리사는 남편의 목소리에 깜짝 놀랐다. 남편은 소리없이 다가와서 고양이나 개와 닭들이 못 들어오게 막아 놓은 펜스에 기대고 있었다.

"또 시작이군. 올해 수확은 아주 좋겠는데"

엘리사는 허리를 펴고 장갑을 다시 끼었다.

"그럼요, 금년에는 아주 좋을 거예요"

그녀의 말소리와 얼굴에는 자만심이 차 있었다.

"당신은 그 일에는 타고난 솜씨가 있어. 작년에 키운 노란 국화꽃은 옆으로 십 인치나 된 것도 있었지."

헨리는 소견을 말했다.

"과수원 일을해도 그만큼 큰 사과를 키워내겠지."

그녀의 눈빛이 갑자기 빛났다.

"그럴 수도 있어요. 나는 그 일에는 타고난 솜씨가 있지요. 나의 어머니도 땅에 식물을 심고 키우는 데는 남다른 소질이 있으셨지요"

"그렇지. 꽃을 심고 키우는 일도 소질이 있어야지"

헨리는 대꾸했다.

"헨리, 아까 얘기했던 사람들은 누구예요?"

"왜 아니래. 그 얘길 하려고 여길 왔는데. 그들은 서부 식육회사 사람들이야. 3년생 황소 30마리를 팔았어. 제 값을 받았지"

"그렇군요. 좋아요. 잘 됐군요."

"그래서 말인데, 이번 토요일 저녁 시내에 나가 근사한 레스토랑에서 저녁이나 먹지. 그리고 영화라도 한 편 보는 게 어때?"

"좋죠. 아주 좋아요."

"오늘 밤 권투시합이 있는데 보러가지 않겠어?"

헨리가 농담조로 말했다.

"아니요. 난 권투시합은 안 좋아해요."

그녀는 숨 가쁘게 말했다.

"농담이야. 자 그럼 영화 보러 가지. 지금 두 시지, 스컷티를 데리고 언덕 위의 소들을 데려와야겠군. 아마 두 시간은 걸리겠지. 5시쯤 시내 코이노스 호텔에 가서 저녁을 먹읍시다. 어때?"

"좋지요. 외식을 해보는 것도 좋은 일이죠"

"그럼 됐어. 말 두 필을 가져와야겠군."

"그동안 이 묘목들을 옮겨 심을게요."

그녀는 남편이 외양간 옆에서 스컷티를 부르는 소리를 들었다. 잠시 후 소들을 찾아 언덕배기를 말을 타고 오르는 두 사람을 보았다. 국화 뿌리를 지지하는 작은 네모진 모래판에 그녀는 모종삽으로 흙을 몇 번 뒤집어 부드럽게 한 다음 다시 단단해지도록 가볍게 두드렸다. 그리고 나서 그녀는 모종을 하기 위해 열 개의 도랑을 나란히 팠다. 뒤에 있는 국화꽃 판에서 가지를 잘라 가위로 잎을 잘 다듬어서 가지런히 쌓아 놓았다.

그때 삐꺽거리는 바퀴 소리와 무거운 발굽 소리가 길에서 들려왔다. 엘리사는 그쪽을 바라보았다. 시골 둑에는 수양버들 가로수가 빽빽이 서 있고 강과 경계선을 이루고 있었다. 이 길로 괴상하게 생긴 마차가 오고 있었다. 이 마차는 구식 웨로형 마차인데 초원의 포장마차와 같이 둥그런 천을 위에 덮고 있었다. 아주 늙고 비리 먹은 말이 이 마차를 끌고 있었다. 짧고 억센 수염이 꺼멓게 난 한 사내가 그 마차를 몰고 있었는데 그 마차 바퀴 뒤에는 비리 먹은 개 한 마리가 따라오고 있었다. 마차 포장에는 서툴고 삐뚤한 필체로「단지, 냄비, 칼, 가위, 잔디 깎기 일체 수선」이라고 씌어 있었다. 두 줄로 씌어 있었는데 수선이라는 글자는 맨 밑에 크게 써져 있었다. 까만 페인트가 글자마다 흘러내리고 있었다. 엘리사는 땅 위에 쪼그리고 앉아서 그 마차가 지나가는 것을 바라보고 있었다. 그러나 그 마차는 그냥 지나가지 않았다. 그 마차는 삐걱거리는 낡은 바퀴 소리를 내면서 그녀의 집 앞 농로로 접어들고 있었다. 삐쩍 마른 개 한 마리가 바퀴 밑에서 뛰어나왔다. 곧 두 마리의 목장개가 그 개 쪽으로 쏜살같이 달려갔다. 세 마리의 개가 꼬리를 빳빳이 세워 흔들고 다리를 똑바로 세우면서 멈췄다. 거만하게 그 개들은 냄새를 맡아 가면서 서로의 주위를 돌기 시작했다. 마차는 엘리사네의 철로 된 펜스 앞에 와서 멈췄다. 그때 따라온 개는 꼬리를 내리고 마차 아래로 꽁무니를 뺐다. 마차 위에서 그 사내가 큰 소리로
"저 개는 싸움을 잘 합니다."
엘리사는 웃었다.
"글쎄요. 지금 보니까 싸움을 잘 할 것 같지는 않네요."
그 사내는 엘리사의 웃음보다 더 크게 웃어댔다.
"어떤 때는 몇 주가 가도 싸움을 하지 않기도 하지요."
그렇게 말하면서 바퀴를 짚고 마차에서 내려왔다. 그의 머리와 수염은 회색빛이었지만 그렇게 늙어보이지는 않았다. 그가 입고 있는 꺼먼 옷은 쭈글쭈글했고 기름때가 묻어있었다. 일순간 그의 얼굴과 눈에서 웃음기가 사라졌다. 화물자동차 운전수나 뱃사람같이 어둡고 수심이

잠긴 표정으로 바뀌었다. 철조망에 올려놓은 그의 손은 갈라져 있었고 기름때가 묻어있었다. 그는 찌그러진 모자를 벗어들었다.

"부인, 제가 항상 다니는 길에서 벗어났군요. 이 진흙길을 그대로 따라가면 저 강 건너 로스엔젤레스 고속도로로 빠질 수 있나요?"

엘리사는 일어나서 앞치마 주머니에 두꺼운 가위를 집어넣고 말했다.

"그럼요. 갈 수 있습니다. 그렇지만 길이 꾸불꾸불하고 좀 험합니다. 그 마차로 갈 수 있을까요?"

"저 놈이 끌고 가는 것을 보시면 아마 놀라실 겁니다."

그는 비위가 상한 듯 다소 거칠게 대답했다.

"그럴까요?"

엘리사가 물었다. 그는 잠깐 동안 미소를 띄우면서

"그럼요. 할 수 있습니다."

"그렇다면 살리나스 길로 돌아서 고속도로로 빠지는 게 시간을 절약할 수 있을 것 같네요."

그는 투박한 손가락으로 가느다란 철사줄을 튕기면서

"부인, 제가 바빠서 그러는 게 아닙니다. 저는 매년 한 번씩 시애틀에서 산디아고까지 왕복을 한답니다. 보통 한번 왕복에 반년은 걸리지요. 날씨 좋은 날만 운행을 하니까요."

엘리사는 장갑을 벗어서 가위를 넣어두었던 앞치마 주머니에 넣었다. 남자 모자의 챙에 손을 대고 헝클어진 머리를 매만졌다.

"그렇게 사는 것도 근사할 것 같군요."

그는 친밀해진 듯 펜스에 기대면서 말했다.

"내 마차에 써 있듯이 저는 그릇도 수선하고 칼이나 가위도 갈아드

립니다. 무슨 고치실 물건은 없으신가요?"

"없는데요."

그녀는 재빠르게 대답했다.

"아무것도 없어요."

그녀의 눈은 거부하는 눈빛으로 굳어졌다.

"가장 나쁜 것이 가위지요. 사람들은 가는 법을 잘 모르면서 갈다가 가위를 망쳐 놓지요. 저는 특별한 도구를 가지고 있지요. 자랑 같지만 특허를 가졌죠."

"아니, 제 가위들은 모두 날이 서 있지요."

"좋습니다. 그러면 그릇은 어떻습니까?"

그는 열심히 말을 계속했다.

"찌그러진 그릇이나 구멍 난 그릇이 있으면 가져오세요. 새것을 살 필요도 없이 새것 같이 해놓을 테니까요. 그만큼 절약할 수 있습니다."

"아니, 말했잖아요. 제게는 당신에게 맡길 일이 하나도 없다고요."

그녀는 통명스럽게 말했다. 그의 얼굴은 과장되게 슬픈 기색으로 변했다. 그의 목소리는 울듯이 낮아졌다.

"오늘은 아무 일도 못했어요. 오늘 저녁은 먹지 못하게 되었어요. 아시다시피, 길도 잘 못 들었어요. 시애틀에서 산디아고까지 저는 큰 길가에 사는 사람들을 모두 알지요. 그들은 칼을 갈 일이 있으면 모아두었다가 저에게 맡깁니다. 제가 잘 해내고 그들도 돈을 절약할 수 있으니까요."

"미안합니다. 당신에게 맡길 일은 아무것도 없군요."

그녀는 짜증스럽게 말하고는 밭으로 시선을 돌렸다. 그녀가 일하고 있었던 국화꽃 밭이 눈에 띄었다.

"부인, 저 식물은 무엇입니까?"

그녀의 얼굴에서 짜증스러움과 저항감이 눈 녹듯이 사라졌다.

"오호, 저것들은 국화꽃이에요. 키가 큰 희고 노란 국화꽃들이지요. 나는 매년 국화꽃을 키우지요. 주변에서 이보다 큰 국화꽃은 보기 힘들 거예요."

"아주 줄기가 긴 꽃이 아닙니까? 마치 빛깔 있는 연기가 나오는 것 같지 않습니까?"

이렇게 물었다.

"그렇죠. 참 근사하게 표현하시는군요."

"냄새에 익숙해질 때까지는 냄새가 고약하지요?"

그가 또 물었다.

"고약하다니요. 전혀 그렇지 않아요. 아주 좋은 냄새가 나는걸요."

그녀가 반박했다. 그의 어조가 금새 달라졌다.

"저 역시 국화꽃 냄새를 좋아하지요."

"금년에는 10인치나 크게 키웠지요."

그녀가 말했다. 그는 펜스 더 가까이 몸을 기울였다.

"저 아래 길 쪽에 내가 아는 부인의 정말 근사한 정원이 있는데 꽃이란 꽃은 다 있지요. 국화꽃 말고는 말입니다. 그 댁에 세면 물통을 고쳐 드린 적이 있지요. 그때 그 부인이 혹시 좋은 국화꽃을 보거든 그 씨앗을 좀 얻어다 달라고 했지요."

엘리사의 눈빛이 생기 있게 달라졌다.

"그 부인이 국화꽃을 잘 모르는군요. 씨를 뿌려 기를 수도 있지만 저기 있는 싹을 심는 게 훨씬 쉽지요."

"오호, 그렇습니까? 그것 좀 얻어 갈 수는 없겠습니까?"

그가 말했다.

"아니지요. 가져갈 수 있어요. 축축한 모래에 넣어드릴 테니 곧바로 가져가세요. 축축하게만 해주면 뿌리가 생겨요. 그때 옮겨 심으면 되지요."

"그 분이 무척 좋아할 겁니다. 부인, 그것이 근사한 국화꽃이지요?"

"아름답지요. 정말 아름답지요."

그녀의 눈은 빛났다. 그녀는 낡은모자를 벗더니 검고 아름다운 머리칼을 가다듬었다.

"화분에 넣어드릴 테니 곧바로 가져가세요. 마당 안으로 들어오세요."

그 남자가 밭둑 문으로 들어오는 동안 엘리사는 양아욱을 심어 놓은 길로 해서 집 뒤로 흥분해서 뛰어갔다. 그리곤 커다란 빨간 화분을 들고 돌아왔다. 장갑이 어디 갔는지도 지금은 아랑곳하지 않았다. 그녀는 처음 일을 시작했던 화단 옆에 무릎을 꿇고 손으로 모래흙을 파내서 가져온 화분에 퍼 넣었다. 그리고 나서 그녀는 준비했던 작은 국화 가지들을 집어 들었다. 그것들을 화분 속에 심고 강한 손가락으로 주위를 두드렸다. 그 남자는 그러는 그녀를 감시하듯 쳐다보고 있었다.

"지금 이걸 어떻게 해야 할지 알려줄 테니 잘 기억했다가 그 부인에게 말해주세요."

"예, 그렇게 하겠습니다."

"자, 봐요. 이 가지들은 한달 가량 지나면 뿌리를 뻗기 시작해요. 그때 약 일 인치 정도 충분한 간격으로 밭에 옮겨 심는 거예요.」

그녀는 검은 흙을 손 가득히 집어 그에게 보여 주었다.

"그렇게 하면 심어놓은 줄기는 잘 자라게 될 거예요. 7월이 되면 자라난 국화 줄기를 땅에서 8인치쯤 되는 데를 잘라 주어야 해요."
"꽃이 피기 전인가요?"
그가 물었다.
"그렇죠. 꽃이 피기 전이죠."
그녀의 얼굴은 열정으로 야무지게 굳어져 있었다.
"그 줄기들은 곧바로 자라게 돼요. 9월말 쯤 꽃봉오리가 피기 시작해요."
그녀는 잠깐 말을 멈추고 아주 중요한 말을 할 것 같은 표정을 했다.
"이 봉오리가 필 때쯤 가장 조심해야 해요."
그녀는 말을 더듬었다.
"어떻게 설명해야 할지 모르겠군요."
그녀는 탐색하듯 그의 눈을 들여다보았다. 그녀는 말을 할 듯했지만 그의 말을 기다리는 듯했다.
"이렇게 말해볼게요. 당신은 식물 심는 손이란 말을 들어본 적 있나요?"
"처음 듣는 말인데요. 부인."
"필요치 않는 봉오리를 따버릴 때가 가장 중요해요. 따는 사람의 손가락 끝에 달려있어요. 모든 신경을 손가락 끝에 집중해서 따면 실수란 없지요. 따는 사람과 꽃이 일체가 되는 셈이죠. 그 뜻을 알겠어요?"
그녀는 땅바닥에 무릎을 꿇고 그를 쳐다보았다. 그녀의 가슴은 열정으로 부푼 듯했다. 그 남자는 가늘게 눈을 뜨고, 알아들었다는 듯이 먼 곳을 바라보았다.
"알 것 같군요. 마치 마차에서 밤하늘을 보는 것 같습니다."
갑자기 엘리사의 목소리가 허스키해졌다.

"나는 그런 생활을 전혀 해보지 않았지만 당신이 얘기하는 의미를 알 수 있어요. 캄캄한 밤에 별은 반짝이고 주위는 적막하고 마음은 밤하늘을 향해 끝없이 올라가고 말이지요."

무릎을 꿇고 있는 그녀의 손이 감격해서 그의 다리를 잡을 뻔 했다.

"부인이 말한 것과 같이 그 밤은 화려하지요. 저녁을 굶을 때는 말고 말입니다."

그 말을 듣더니 그녀는 곧바로 일어났다. 그녀의 얼굴은 빨개졌다. 그리곤 화분을 들어서 그의 팔에 조심스럽게 안겨 주었다.

"자, 당신 마차에 실으세요. 참, 당신에게 줄 일거리가 있을지 몰라요."

그리곤 집 뒤로 가더니 깡통더미를 뒤져서 낡고 찌그러진 알루미늄 냄비 두 개를 가져와 그에게 주었다.

"여기 있어요. 이걸 고쳐주세요."

그의 태도가 갑자기 직업적으로 바뀌었다.

"좋습니다. 새것 같이 고쳐드리죠."

그의 마차 뒤쪽에서 기름때가 묻어있는 연장함에서 조그만 망치를 끄집어냈다. 그가 조그만 철판 위에 쭈그러진 냄비를 그 망치로 두드리는 것을 엘리사는 문 밖에 나와 보고 있었다. 그의 입은 꽉 다물어져 있었다. 일이 좀 어려울 때는 아랫입술을 핥았다.

"마차 안에서 잠도 자나요?"

엘리사가 물었다.

"그렇죠. 마차 안에서 잡니다. 부인. 비가 오나 해가 나거나 꼭 암소 우리 같지요."

"어마, 근사하네요. 아주 근사해요. 나도 그렇게 해보고 싶군요."

엘리사는 그렇게 말했다.

"웬걸요. 여자는 그런 생활은 못하죠."

그녀의 윗입술이 약간 올라가고 그녀의 하얀 이들이 보였다.

"어떻게 알아요? 어떻게 그런 말을 하세요?"

그녀가 따지듯이 물었다.

"그야 잘 모르죠. 물론 잘 모릅니다."

그가 항의하듯 말했다.

"자, 다 고쳤습니다. 이제 새것을 사시지 않아도 됩니다."

"얼마죠?"

"오호, 50센트만 주세요. 저는 값도 적게 받지만 일은 훌륭하게 합니다. 그래서 큰 길가 손님들이 만족해 합니다."

엘리사는 집에 가서 50센트 하나를 가져와서 그의 손바닥에 떨어뜨려 주었다.

"언젠가 당신의 경쟁자가 나타날 거예요. 나도 가위를 갈 수 있지요. 작은 찌그러진 그릇들을 나도 펼 줄 알아요. 여자도 할 수 있다는 것을 당신에게 보여주고 싶군요."

그는 망치를 기름때가 묻어있는 박스에 도로 넣고 그리고 쇠판은 멀리 던져버렸다.

"여자 혼자서는 그 생활은 어렵습니다. 밤새도록 마차 밑에서는 짐승들이 우글대서 무섭습니다."

그는 곧 마차에 올라탔다. 말고삐 줄을 잡았다.

"고맙습니다. 부인, 부인이 가르쳐준 대로 도로에 나가서 살리나스 길로 가겠습니다."

"그 화분 오래두면 안 돼요!"

그 여자가 소리 질렀다.

"화분이요? 국화꽃 화분 말이죠? 그렇군요. 그렇게 하겠습니다."

"이랴! 쯧쯧"

말은 마차를 끌기 시작했고, 그의 개는 마차 뒤에서 떠날 채비를 했다. 마차가 길 입구를 돌아 강을 따라 왔던 길로 나아갔다. 엘리사는 그녀 집의 철 펜스에 서서 그 마차가 서서히 사라지는 것을 바라보고 있었다. 그녀의 어깨는 똑바로 서고, 머리는 뒤로 젖혀졌고, 눈은 반쯤 감겼다. 잠시 넋을 잃은 듯했다. 그녀의 입술은

"안녕, 안녕히."

하며 조용히 움직였다.

"저 쪽은 찬란한 광명이 있을 거야."

속으로 속삭였다. 그녀는 자신의 속삭임을 듣고 깜짝 놀랐다. 누가 듣지나 않았나, 주위를 둘러보았다. 개들만이 그 소릴 들었다. 개들은 머리를 쳐들고 주인을 잠시 쳐다보더니 다시 잠들어 버렸다. 엘리사는 서둘러 집안으로 들어왔다. 부엌으로 가서 난로 위의 물통을 만져 보았다. 낮에 데워 놓았던 물이 아직 뜨거웠다. 목욕탕에 들어가서 흙 묻은 옷을 벗어 구석에다 내던졌다. 그런 다음 작은 목욕돌로 다리, 넓적다리, 가슴, 팔을 빨개질 때까지 문질렀다. 몸을 닦고 나서 침실 거울 앞에 서서 그녀의 온 몸을 훑어보았다. 배를 조여도 보고, 가슴도 내밀어 보았다. 돌아서서 어깨 너머로 뒷모습도 살펴보았다. 그런 다음 천천히 옷을 입기 시작했다. 한 번도 입지 않았던 새 속옷을 꺼내서 입고 제일 좋은 스타킹을 신고, 제일 아름다운 드레스를 입었다. 머리를 다듬고 눈썹을 색칠하고 입술에 루즈도 발랐다. 다 마치기 전에 멀리서 말발굽 소리와 함께 남편 헨리와 일꾼이 황소들을 우리에 몰아넣는 소

리를 들었다. 그녀는 문이 쾅하고 닫히는 소리를 듣고 헨리의 도착을 기다렸다. 현관에서 헨리의 발소리가 들렸다. 그는 벌써 집안으로 들어왔다.

"엘리사 어디 있어?"

"여기 있어요. 방에요. 옷을 입고 있어요. 아직 준비 안 됐어요. 저기 목욕물 데워 놨어요. 빨리 목욕해요. 늦겠어요."

그가 탕에 들어가는 소리를 듣자 엘리사는 남편의 까만 양복을 침대 위에 올려놓고 그 옆에 셔츠, 양말 그리고 넥타이를 놓았다. 침대 옆, 마루 위에 닦아 놓은 남편의 구두도 놓았다. 그리고는 현관으로 가서 얌전히 앉아 남편을 기다렸다. 서리를 맞아 노랗게 변한 버드나무가 나란히 서 있는 강변길을 바라보았다. 그 나무들은 농도 짙은 안개 때문에 가느다란 태양빛 띠와 같이 보였다. 안개 낀 오후에만 있는 현상이었다. 그녀는 오랫동안 움직이지 않고 그것을 바라보고 있었다. 그때 헨리가 겉옷을 꿰면서 문을 쾅 닫고 그녀 앞에 나타났다. 엘리사는 여전히 그 자세로 빳빳이 앉아 있었다. 헨리는 잠깐 걸음을 멈추고 그녀를 바라보았다.

"이야, 엘리사 근사한데."

"근사하다고요? 뭣이 근사해요?"

헨리는 머뭇거리면서

"글쎄, 뭐랄까. 당신이 전과 달리 강하고 행복하게 보인달까?"

"제가 강하게 보인다고요! 강하긴 강하죠. 어떤 점이 그렇게 보여요?"

헨리는 당황해 했다.

"마치 놀이에서, 암소를 무릎 사이에 끼워 꼼짝못하게 하듯 강하고, 마치 수박을 먹고 있는 듯 행복하단 말이야."

그는 더듬거렸다. 엘리사는 그 순간 굳어진 얼굴표정이 풀렸다.

"헨리! 그렇게 말하지 말아요. 당신은 뜻도 모르면서 그렇게 말하는 거예요."

엘리사는 다시 얼굴 표정이 굳어졌다.

"저는 강하죠. 강하고 말고요. 전에는 이렇게 강한 줄 몰랐어요."

그녀는 자만에 차서 말했다. 헨리는 트랙터 차고 쪽을 바라보다가 다시 눈을 돌려 그의 아내를 보았을 때 아내는 다시 본 모습으로 돌아와 있었다.

"내 차를 가져올게. 그 동안 코트를 입고 있어요."

엘리사는 집안으로 들어갔다. 문 쪽에서 남편이 몰고 온 자동차 소리가 들려왔다. 그녀는 여기저기 만져보고 당겨도 보느라고 모자를 쓰는데 시간이 오래 걸렸다. 헨리가 잠시 시동을 끄자 그때서야 코트를 입고 밖으로 나왔다. 그들의 소형 승용차는 곧바로 먼지 나는 강변도로로 달려 나갔다. 새들이 날아오르고 토끼들이 풀숲으로 달아났다. 학 두 마리가 버드나무 너머로 느릿느릿 날개짓을 하다가 강바닥으로 낙하했다. 길 저 멀리 까만 점 같은 것이 보였다. 엘리사는 갑자기 공허해졌다. 그녀는 헨리의 말도 잘 들리지 않았다. 차가 그 곳을 지나칠 때 보지 않으려 했으나 그게 마음대로 되지 않았다. 그 국화꽃 가지들이 마차가 지나간 바퀴자리 근처에 떨어져 있었던 것이다. 그러나 화분은 그 마부가 가져갔는지 보이지 않았다. 자동차가 그 꽃 옆을 지나칠 때 그녀는 그 좋은 짙은 향기를 기억해 낼 수 있었다. 갑자기 작은 공포가 그녀를 급습했다. 그녀는 그렇게 수선을 떨었던 것이 심히 부끄러워졌다. 자동차가 굽이길을 돌아섰을 때 그녀는 그 앞에 가고 있는 바로 그 포장마차를 보았다. 그녀는 몸을 완전히 남편 쪽으로 돌려 그 마차를 보지 않으려 했다. 곧바로 그들은 그 마차를 지나쳤다. 그리고 결코 뒤를 돌아보지 않았다. 그리고 자동차 소리보다 더 크게 큰 소리로 말했다.

"오늘 밤 참 좋네요. 오늘 만찬도 훌륭할 거예요."

"또 변덕이군."

헨리는 투덜거렸다. 그리고 핸들에서 한 손을 떼어내 그녀의 무릎을 쓰다듬었다.

"이제 자주 이런 기회를 가져야겠어. 우리 둘에게 다 좋을 거야. 우린 목장 일에 너무 매달렸어."

"헨리, 오늘 저녁식사 때 와인 한 잔 어떨까요?"

"아무렴, 좋지. 좋아."

그녀는 잠시 침묵했다. 그리곤 말했다.

"헨리, 권투 시합 땐 서로 마구 치고 박고하나요?"

"잦지는 않지만 그럴 때도 있지. 왜?"

"코피가 터져 피가 가슴까지 흘러내려오고, 권투장갑이 피로 물들여진다는 것을 책에서 읽었어요."

헨리가 그녀를 돌아보았다.

"웬일이야. 엘리사. 그런 책을 다 읽고…"

그는 살리나스교를 곧바로 돌아 주차장에 차를 세웠다.

"여자들도 그런 권투시합을 보러 가나요?"

그녀가 물었다.

"오, 그럼. 웬일이야! 엘리사도 가보려나. 하지만 그렇지는 않겠지. 정 원하면 가볼 수도 있지."

엘리사는 맥 빠진 듯 시트에 기댔다.

"아녜요. 전 그런덴 안 가요."

그녀는 다른 데로 얼굴을 돌렸다.

"오늘 저녁에 와인만으로 충분해요. 그럼, 충분하고말고요."

그녀의 남편이 그녀가 가늘게 우는 것을 보지 못하도록 그녀는 코트 깃을 올렸다.

 # 할아버지는 인생을 즐길 줄 아는 분이야

■ 도로시 캔필드 피셔

　　　　노교수가 서류를 만지면서 걱정스럽게 조교를 쳐다보며 묻는다.
"요즘 자네 무슨 일이 생겼나?"
　조교는
"아닙니다. 왜 그러시지요?"
하고 머뭇거린다. 노교수의 퉁명스런 질문에 조교는 적지않게 당황한 듯
"저의 정신이 잠깐 다른데 쏠렸나 봅니다. 사실 저는 무엇인가를 두려워하고 있었습니다."
"무엇을?"

하고 멜러리 교수가 묻는 말에 말문이 열렸다.

"제 자신에 대하여 말입니다. 아니 저 자신보다는 제 몸에 대한 두려움이었지요. 의사도 알 수 없다고 합니다. 제 몸이 악화일로에 있습니다. 근심 때문에 잠을 잘 수가 없어요. 무엇을 잊어버리기가 일쑤이고 생활에 대한 취미를 잃어가고 있어요. 의사는 신경쇠약이 아닌가 생각하고 있어요. 저는 충분한 휴식을 취하고 있어요. 저는 외부 출입을 자제하고 있으며 9시에 취침하고 저의 공부 이외에는 다른 활동에 일절 참가하지 않고 있어요. 지난여름 뉴욕의 대학에서 온 제의도 거절하고…. 교수님도 아시는 바와 같이 그것이 얼마나 좋은 기회였습니까? 저녁에 특별히 하는 것도 없이 잠을 재촉할 수가 없어요. 어떤 때는 정신요양원에 있는 나 자신을 상상도 해보지요. 이것이 저의 문제 입니다."

조교는 창을 쳐다보며 넋을 잃은 듯 앉아 있다. 노교수는 그를 쳐다보더니 갑작스럽게 그의 목소리에 생기가 돌며 말을 시작했다.

"아마도 자네 정신과 의사도 내 말에 반대하지는 않을 걸세."

그의 목소리는 차분했다.

"바쁘지 않지?"

"아닙니다."

"그럼 잘 됐다. 내가 자네를 나의 어린 시절, 그린 마운트에 있던 농장으로 안내를 하지. 비록 척박한 돌무지 땅이었지만 나는 그곳에서 태어나 자란 것이 자랑스럽다네. 자네 내가 가끔 힐스보 라는 곳에 대하여 말하는 것을 들었을 거야. 내가 어렸을 때 우리 가족과 함께 기거하기 위하여 오신 증조부에 대한 이야기일세."

"교수님의 증조부요? 우리 주위에는 증조부까지 기억하는 사람은 거의 없어요."

"그래 나의 증조부는 우리와 같이 살았단 말이야. 내 아버지는 버몬트에서 농장을 경영하고 있었고 증조부는 다른 농장에서 자기가 나이 들었다는 것조차 모르고 일하고 계셨지. 그때 연세가 88세. 이제 자녀들이 돌볼 때가 왔다고 끈질긴 설득 끝에 우리와 살기로 결정을 하셨어. 자기가 늙었다는 사실을 좀처럼 받아들이지 않으셨어. 할아버지는 1812년 전쟁의 참전용사였어. 아마 자네 같은 애숭이로서는 좀처럼 느낌이 가지 않을 거야. 그는 월 12달러의 연금을 받고 있어 노인치고는 재정적 독립이 가능했지. 독특한 성격을 갖고 있어 그가 우리 가정에 오신 것 그 자체가 영구히 기억될 큰 사건이었지. 우리 마을에서 가장 나이 든 영감님이 84세 였는데 할아버지는 여러 면에서 그를 압도하고 있었어. 나도 학교 친구들에게 곧 89세가 될 페들톤 할아버지를 자랑하고 있었지. 그 연세에 안경 없이도 글을 읽을 수 있었어. 전쟁에서 얻은 열병이 그를 일생동안 괴롭혔지. 그러나 그는 그를 치료해 준 의사 여섯 명보다 오래 살았어. 이들은 한결같이 증조부의 여생이 일 년을 넘지 못할 것이라고 예단했었지. 일곱 번째 의사도 소문에 의하면 건강의 악화로 임종이 임박했다고 했지. 그는 위생에 대한 상식이 없는 할아버지를 자식의 도리로서 성심껏 보살피려는 나의 부모님에게는 실수 없는 성실한 시골의사였지."

"내 부모는 자식들에게 엄격했고 이 말썽꾸러기 노친은 깊은 밤이면 남모르게 부엌으로 나와 민스파이로 소화력이 약한 위를 공격하여 집안에 소동을 피운 일이 한두 번이 아니었어. 증조부의 식탁에 두 쪽 이상의 파이는 금물이었지. 증조부의 이 반항적인 기질은 조용하고 질서 있는 우리 가정에는 마치 전기 충격과 같은 것이었지. 마을의 피크닉이나 교회파티는 수일 전부터 그의 참가 욕구에 불을 지폈어. 주위의 여하한 권고도 그의 고집 앞에서는 물러 설 수밖에 없었지. 손이 닿는 대로 음식을 집어넣고 애들과 어울려 기진하여 졸도 직전까지 뛰어 놀았어. 집에 와서는 기력이 다해버려 즐거웠던 일에 대한 신음과 고함으로 대가를 치렀지. 그 신음소리는 어여쁜 여자아이들과 놀 때 외치는 즐거운 비명과 흡사했어."

"이때 하나의 중대한 사건이 8월 중순, 농장에서 15마일 떨어진 마을 축제에 참가하려는 그의 욕망이 달아오르면서 시작되었다네. 아버지는 자기가 직접 대동하지 않고서는 절대로 할아버지가 외출하는 것을 용납하지 않았어. 아버지가 건초작업 때문에 시간을 낼 수 없어 증조부의 축제 참가를 만류했다고 하는데 그런 것은 아니었지. 우리 집에 오신 후 증조부를 돌봐 온 의사도 그런 일을 생각한다는 것조차 미치광이 짓이라고 했어. 의사는 젊은이들도 죽이는 그런 천식과 허약한 심장으로 산다는 것이 기적이라고 말한 바도 있어. 만에 하나라도 아버지가 할아버지를 죽이고 싶다면 14마일 떨어진 축제에 8월의 더위를 견디며 참가하는 것 보다 확실한 방법은 없다고까지 말했어. 아버지도 이러한 사실을 말하면서 단호한 어조로 우리들에게 경고를 했어. 바로 옆에 할아버지가 침통하게 팔이 없는 소매 끝을 매듭으로 매면서 앉아 있었지. 이것이 강한 감정을 표현하는 증조부의 독특한 방법이었어. 한 손을 단장에 놓고 그 위에 턱을 기대고 있는 모습은 마치 현재의 생활로부터 자신을 헤아릴 수 없는 먼 곳으로 이탈시키는데 대한 두려움을 표현하는 듯 했지."

"그 말이 있고 며칠이 지난 아침에야 증조부는 모습을 보였어. 바로 그때 아버지와 어머니는 초원 윗 편에서 풀을 말리고 있었고 형과 누이들은 블랙베리를 따러 멀리 가 있었지. 나는 너무 어려 일을 도울 수 없기때문에 할아버지를 돌보느라 집에 남아 점심으로 빵, 우유, 블랙베리를 준비하고 있었는데 나보고 침대 매트 밑에 숨겨놓은 지갑을 가지고 오라고 하지 않겠나. 그 지갑에는 연금으로 받은 돈이 들어 있었지. 모두 합쳐 6불 43센트 던가… 증조부는 마치 학생들이 덧셈연습을 하듯 혀를 내밀면서 몇 번이고 돈을 세더니 활달하게 웃기 시작했다. 무슨 생각이 났던지 손가락을 튕기면서 고음의 쉰 목소리로 노래를 불러댔어."

"우리는 즐기러 간다. 귀여운 손자 죠 맬러리가 펜들톤 할아버지하고 마을 축제에 간다. 이 세상에서 가장 즐거운 축제, 이것 보다 더 즐거운 것이 있을 까."

"안 돼요 할아버지. 우리가 가면 안 돼요"

하고 나는 놀라서 항의도 해 보았으나 소용이 없었다.

"네 아비 말이 내 말 보다 중요하냐? 그가 네 아비이기 훨씬 이전에 나는 네 할아버지가 되었다. 나는 여기에 있고 네 아비는 여기에 없잖아?"

"그러니 마굿간으로 가자."

그는 내 목을 잡고 승리의 팬다고 (발을 질질 끄는 스페인 춤)를 추면서 마굿간으로 갔다. 오직 하나 남은 흰 말 페기가 놀란 듯이 우리를 쳐다보고 있었다.

"여기에서 28마일이나 되는데 늙은 말은 그만한 장거리 여행을 한 적이 없어요."

내 눈앞에 금단의 규칙들이 아물거렸다.

"8마일, 28마일 문제될 게 뭐야. 나는 88세 인데."

증조부는 승리의 찬가를 즉석에서 지었는데 거기에는 빈정대는 말투가 들어있었어.

"늙은 말에게 핑크 레몬을 먹이는 게 좋아. 집에 오다가 말이 피곤해 하면 내가 내려서 집까지 끌고 오지."

"그의 모험정신은 거역할 수 없었지. 나는 더 이상 반대할 수가 없다고 보고 동조했어. 의자 위에 올라가 말의 고삐를 달고 증조부는 한 손으로 말을 능수능란하게 다루었다네. 그는 히커리 바지에다 주름진 얼굴을 가리는 낡은 모자를 쓰고 있었어. 나는 맨발로 마차 위에 걸터 앉은 채 우리는 잔디밭을 지나, 험한 돌 언덕을 넘어 주도로로 진입했지. 주도로는 무더웠고 마을 축제에 가는 행인들의 마차들이 끊임없이 먼지를 일으키고 있었어. 증조부는 공기 냄새를 맡으면서 늙은 말을 추월하는 사람들과 즐거운 인사를 나누었지. 가는 도중에 그는 수많은 추억의 이야기를 들려 주었는데 그 중에서도 그가 젊었을 때 참가했던 마을 축제가 주종을 이루고 있었어. 내가 한번도 참가해 본 적이 없다고 하자 자못 놀란 표정이었어."

"왜 못했나? 죠, 너 몇 살이지? 잘해야 여덟 살? 내가 너 나이 때 집에서 도망 나와 두 번 마을 축제에 참가했지. 그리고 돌아다녔지."

"아니, 집에 들어가 혼쭐 나지 않았어요?"

"왜 혼이 안 났겠어?"

증조부는 힘 주어 말했어.

"나는 증조부의 말 한마디 한마디에 세계가 점점 커지는 느낌을 갖게 되었어."

"이제 다 와 가는구나. 하는 그의 즐거운 외침에 그랜스 빌에 가까이 오고 있음을 직감 했다네. 마차 행렬이 길어지고 시골 사람들은 그 나름대로 가장 좋은 옷을 입고, 낡은 마차에 타고 있는 이 주름진 얼굴의 불구자 노인과 남루한 옷을 입은 맨발의 어린이가 마차 나무판자 위에 걸터 앉아 있는 것이 마을 축제에 가는 차림이 아닌 듯 호기심 어린 눈으로 바라보고 있었지."

멀레리 교수는 등을 의자에 기대고 앉아 자기가 묘사하고 있는 광경에 즐거운 웃음을 터트렸다. 듣던 사람도 다소 안심이 되는 듯 긴 한숨을 쉬고 미소를 지었다.

"참 멋진 날이었지. 이러한 날은 다시 오지 않을 거야."

"증조부는 행사장 입구에서 나를 멈추게 하더니 빈 소매 끝의 매듭을 풀기 시작했어. 나는 그것이 무슨 의식인지는 알 수 없으나 그의 엄숙한 몸짓에 자못 놀랬다네. 의식 같은 일을 끝내고 우리는 농신제에 흠뻑 빠져 들었어. 이것이 옛날 마을 축제야."

"그 당시 사람들은 현금을 별로 갖고 있지 않았어. 증조부의 6달러 43센트는 마치 과부의 꿀단지 같은 것이었지. 우리는 어느 풍보아줌마를 만났어. 그녀의 몸집이 하도 커서 어림잡아 1톤의 무게가 될 것으로 판단했지. 할아버지는 그녀와 허물없는 농담을 주고 받았는데 그 말솜씨에 놀랬단 말이야. 예를 들면 얼마나 먹는지, 팔을 머리 위까지 올릴 수 있는지, 그녀가 입고 있는 호화로운 옷을 만드는데 베르베트 몇 야드가 들었는지 등. 그녀는 그의 인간적 흥미에 끌려 폭소를 터트리며 모든 것을 실토했어. 그녀가 입고 있던 옷은 가구를 덮는 천으로 만든 것이라고. 그녀는 우리가 다른 곳으로 가려고 할 때 땅콩이 너무 많아 다 소비 할 수 없다고 하면서 한 자루를 주더군.

　우리들은 개 얼굴 모양의 소년을 보았어. 그를 보는 순간 불쾌감이 들었어. 할아버지는 남을 비방하는데는 주저함이 없으나 그의 의견은 솔직한 데가 있어. 콧수염이 유난히 부풀어 오른 것을 보고 그는 풀로 붙인 것이라고 했지. 소시장도 둘러보고 육중한 황소도 보았어. 철책을 넘어 우량 돼지들이 등을 긁고 있는 장면도 보았어. 항아리들이 줄지어 있는 곳을 지나가면서 증조부는 거기에 무엇이 있는지 궁금히 여겼어. "무슨 음식인지는 모르나 주인이 행인들의 시식도 배려하지 못하고 있군." 이 말은 배가 허전함을 알리는 신호였다. 우리는 천막 식당으로 들어가서 메뉴판을 보고 할아버지가 좋아하는 것을 주문하기로 했는데 가격표에서 가장 비싼 것으로 낙찰이 되었어."

　맬러리 교수는 또 한번 웃음을 터트렸다.

　"그 음식이 하늘에서나 맛 볼 수 있는 거야. 그때까지 그런 것은 먹어 보지도 못했지. 그것이 기름에 튀긴 닭고기와 커피 아이스크림인데 신이 먹는 음식 같았어. 나도 그것을 아직도 기억하고 있으니 헛되게 살지는 않았나 보지."

　이야기를 듣던 조교도 의자에 등을 기대며 함께 웃었다.

　"점심을 마친 후 우리는 회전목마를 탔지. 우리 둘은 붉은색 나무 낙타에 몸을 싣고 돌아가는 동안 한 손으로 몸을 지탱하고 괴성을 내었어. 할아버지는 단장을 조심하라고 소리쳤어. 목마회전이 더 길었다가는 증조부가 현기증의 고통을 이겨내지 못할 뻔했어. 현기증에서 회복 한 후 우리는 레몬 스탠드로 가서 음료수를 마시며 상대의 기분을 살폈지. 우리들은 완전히 회전목마의 마력에 빠져 들었던 거야. 할아버지는 또 한번 가서 이번에는 싫증이 날 때 까지 타자고 했어. 우리가 그런 기회를 다시 갖게 될 거라는 것은 솔로몬 왕도 상상을 못 했을 거야. 그러나 우리는 남이 못하는 일을 했지. 목마를 바꾸어 가며 돌고 돌아 즐거운 흥분의 구름 위를 떠돌고 있었어. 온몸이 땀에 젖어 있었지. 경마장으로 이동하는 군중의 물결을 따라 우리도 따라갔지. 우리는 예약된 자리를 차지했는데 그 자리 하나가 25전, 햇빛에 노출된 좌석은 10센트였어. 자리에 앉자마자 증조부는 경마에 대하여 경험이 많은 것처럼 여러가지 얘기를 했어. 옆에 있던 젊은이가 쓴 웃음을 보이자 그는 "이번 경마에 50센트를 걸 테니 누가 이기나 보자"고 큰 소리를 쳤어. 증조부는 검정 말에 돈을 걸었는데 그 말이 제일 늦게 들어왔어. 내가 곁눈질로 흘겨보니 증조부는 요동도 않은 채 50센트를 그에게 지불하고 나더니 "사람은 누구나 실수 할 수 있어. 영특한 솔로몬 왕도 여자에 대하여는 실수를 했지. 다음 경기에는 1달러를 걸겠다." 젊은이는 이 응수를 받으며 미소를 지었어. 나는 걱정이 앞섰어. 우리에게 남은 돈은 85센트 뿐이었으니까. 증조부는 나를 곁눈질로 보면서 '잠자코 있어' 하고 엄명의 신호를 보냈어. 그는 밤색 말에 걸었는데 이놈이 우리에게 승리의 쾌감을 안겨 줄지 누가 알았겠나? 나는 모험에 거는 흥분을 10분의 1도 이해 할 수 없단 말이야. 내가 100살 까지 살아서 몬테칼로 은행을 1주에 3번 턴다 해도 그런 흥분은 아니겠지. 할아버지는 밤색 말이 다른 말보다 앞질러 스탠드를 지나가자 모자를 집어 던지며 쾌감의 괴성을 내었어. 나도 쾌감의 고통을 못 견디고 일어섰다 앉았다 반복을 했지."

"이제 우리에게 더 승산이 없다는 것을 알고 경마장을 나왔는데 벌써 5시, 이제 집으로 돌아갈 시간이었어. 우선 경마에서 번 돈으로 페기의 저녁 값을 지불하고도 1불 25센트가 남아있었어. 할아버지는 승리의 쾌감이 아직도 가시지 않은 듯 '무엇을 시작하면 끝장을 보아야 하는 거야' 하고 나에게 훈계 했어. 나머지는 집 식구들을 위한 값 싼 장신구를 사는데 지출했어. 지친 몸을 낡은 마차에 맡기고 페기의 머리를 산 쪽으로 돌려 한 푼도 없이 먼지 길을 따라 귀가 길에 올랐지. 우리의 몸은 지쳐 있었지만 마음은 흥분을 진정시키지 못했어. 나는 그때 일어났던 일들을 낱낱이 기억해. 집에서 멀리 보이던 인디안 산 뒤로 해가 지는 모습, 우리 집 뒷산-헴로크 산-위로 별이 하나둘씩 나타나고, 반딧불이 시냇물을 따라 초원을 비춰 주던 광경, 이 모든 것이 우리를 밤하늘의 은하수를 따라 황홀한 여정으로 안내하고 있었지. 춤추는 별들이 계곡을 반짝반짝 비춰 주었어."

"증조부의 끈질긴 모험심이 내 기억을 감싸고 있지. 나 자신은 그날의 황홀함에 빠져 집에 돌아가면 생길 일들을 잊어버렸어. 정적이 감돌았어. 이 정적이 깨진 것은 할아버지의 기억에 시암에서 온 쌍둥이 형제가 나타났기 때문이야. '너 그 쌍둥이 보았지. 어찌하여 그들은 너와 나 사이처럼 떨어져 있는 것이 아니라 한 몸처럼 붙어 다니지.' 다시 적막이 왔어. 습한 찬 공기가 할아버지의 천식에 부담을 주는 듯 기침과 골골하는 소리만이 들릴 뿐이었지."

"어둠 저편에서 집사람들이 우리를 근심 어린 눈으로 바라보고 있었어. 늙은 페기가 어렵게 고개를 오르자 아버지가 단숨에 달려와 우리를 맞이했어. '어데 갔었니?' 하고 묻는 아버지의 얼굴은 근심을 못 이긴 듯 창백해 있었어. '마을 축제에 다녀왔다' 하고 할아버지가 마치 개선을 한 사람처럼 큰소리 치더니 나에게 기대어 몸을 가누지도 못했어. 페기도 마차를 멈추고 머리를 흔들어대고 자기 기운도 다 소진 됐다는 뜻을 전하고 있었다네. 나도 피로한데다가 아버지가 무슨 말을 할지 몰라 공포에 몸이 얼어붙다가 큰 소리 내어 울기 시작했지. 아버지의 냉기 서린 표정이 내 가슴을 찌르고 있었어. 아버지는 나에게 관심을 두지 않고 잽싸게 증조부를 안고 집으로 들어갔어."

"내가 울면서 마차에서 내렸을 때 엄마가 나를 감싸주고 있었어."

'오, 가여운 우리 아기. 엄마가 잘못했다,'

맬러리 교수는 더 말을 이어 가지 못했다.

"엄마의 사랑은 그 나이에 알 수가 없지." 그는 침통하게 무엇인가 상념에 잠긴 듯 하더니 다시 말을 이어 갔다.

"이것이 이야기의 끝일세. 나는 너무 피로하여 저녁을 들다가 잠이 들었어. 아마 엄마가 나를 침대에 뉘어 놓았을 거야. 집안에서는 의사를 데리러 간다느니 하는 큰 소동 속에서도 나는 잠만 잤지. 다음날 누군가 내 어깨를 흔들어 깨웠는데 엄마였어. '일어나, 죠. 할아버지가 너에게 말을 하고 싶단다. 밤새 많이 고통에 시달리셨어. 의사가 그러는데 곧 돌아가신대.'

나는 엄마를 따라 할아버지 방으로 갔어. 할아버지가 신음하면서 누워 계셨는데 그 신음소리가 너무 커서 마치 찬물이 내 뼛속까지 스며드는 느낌이 들었어. 내가 들어가자 그는 다리를 펴고 긴 한 숨을 쉬더니 나에게 미소를 띠었어."

"마을 축제, 그만한 가치가 있었어. 안 그래 죠? 그는 이 한마디를 하고 조용히 눈을 감으셨어."

"돌아 가셨나요?"

"아니야, 다음날 증조부는 총총걸음으로 부엌까지 오셔서 조반을 드셨지. 얼굴은 백지장처럼 창백해 있었고, 목소리는 나오지 않고, 다리는 떨고 있었어. 그럼에도 불구하고 전 식구를 테이블로 불러 내어 한 시간 반 동안 마을 축제에서 일어난 일들을 말해 주셨지. 그때는 목소리가 어디서 나오는지⋯ 아버지는 내년에 우리 식구에게 마을 축제를 보여 달라고 부탁 하시더군. 그 후 증조부는 현관 앞에 앉아서 페기가 풀 뜯어 먹는 모습을 보며 깊은 상념에 잠긴 듯했어. 나는 그것이 건망증 증세가 아닌가 했더니 내가 나타나자 자기 곁으로 오라고 하더니 귓속 말을 하셨어.

'일곱 번째 의사도 죽어 간다고 하더라.' 하면서 킬킬 웃어 대시더군. 그러더니 다시 말을 이어 갔지. '죠. 나는 오래 살았다. 이제 삶이 어떤 것인지도 알게 되었어. 내가 겪어본 사람들은 전부 겁 많은 고양이들이야. 제로봄 워너가 한 말이 생각나. 그는 1812년 전쟁 당시 나와 같은 연대에 있었는데 그가 한 말은 '인생은 굴렁쇠와 같다. 굴렁쇠는 제 풀에 돌아가다가 멈추기 마련이야. 사람답게 살지 못한다는 것은 반이 죽었다는 뜻이다. 반이 죽은 것처럼 살다가는 그것이 무슨 뜻인지도 모르고 영영 가 버린다.'였어. 증조부는 잠시 깊은 생각에 잠긴 듯하더니 '제로 봄 워너는 룅디 전투가 있기 전날 그 말을 하더니 다음날 총을 맞고 전사했어. 어떤 사람은 살고 어떤 사람은 죽어 간다. 오래 산 사람은 행복하게 죽는다. 내가 부르짖는 구호는 88세 그 이상을 사는 것이다."

멀레리 교수는 일어서서 조교를 향해 말했다.

"이것이 증조부께서 나에게 가르쳐 주신 좌우명이야. 살아 있는 동안 사람같이 살고 죽을 때는 완전히 사라져 버린다."

맨빌의 어머니

▌원작 : 마르조리 키난 로링스

　고아원은 캐롤라이나의 산허리에 높이 솟아 있었다.
　겨울에는 눈보라에 휩싸여 아랫마을은 물론 바깥 세계와 왕래가 단절 되는 때가 종종 있었다. 안개가 산봉우리를 가리고 산골짜기로는 눈바람이 세차게 불어 닥친다. 바람이 너무 세차서 하루에 두 번씩 오두막에 우유를 배달하는 고아원 아이들이 현장에 도착할 때면 손가락이 얼어붙어 마비증상을 느끼기도 한다.
　'취사장으로부터 식사를 트레이에 담아 환자들에게 배달하고 나면 얼굴이 얼어 손을 얼굴에 댈 수도 없을 정도인데 나는 다행히 장갑을 하나 갖고 있었으나 다른 아이들은 장갑도 없이 지낸다' 라고 제리는 얘기했다.

제리는 늦은 봄을 기다리고 있다. 철쭉이 만개하고 갖가지 색깔의 카페트가 산 전체를 둘러싸고 있는 봄을 상상하고 있다. 오월이면 월계수가 봄바람에 꽃망울을 날린다. 월계수가 만개하면 얼마나 아름다울까? 어떤 것은 핑크색, 다른 것은 하얀색… 하고 제리는 봄을 상상해 본다.

나는 지난가을에 그곳에서 오두막을 하나 빌려 지냈다. 조용한 독백을 즐기고 밀린 원고를 쓰기 위해서였다. 나는 산 공기를 좋아한다. 시원한 산 공기를 마시면 열대지방에서 오래전에 얻은 말라리아를 단번에 불어 없애버릴 것 같은 기분이다. 시월의 단풍, 옥수수, 호박, 흑색 호두나무, 높이 솟은 산자락, 이 모든 것이 망향의 정감을 불러일으킨다. 나는 오두막에서 이 모든 정경을 한눈에 볼 수 있었다. 고아원으로부터 반 마일 떨어진 이 오두막에 불을 땔 수 있도록 나무를 팰 사람 한 명을 부탁했는데, 며칠간은 날이 따뜻하여 불 없이도 지낼 수 있게 되어 아무도 오지 않았다. 내가 부탁한 것조차 잊어버리고 있었다.

어느 날 오후 타이핑 작업에 몰두하는 중 잠시 밖을 내다보다 창문 밖에 한 소년이 와 있는 것을 보고 깜짝 놀랐다. 그 소년은 문 앞에 서 있었는데 이상하게도 나의 포인터종 패트가 짖지 않고 있었다. 패트는 어느새 그와 친구가 된 듯 옆에 앉아 있었다. 소년은 겉옷을 입고 있었으나 셔츠는 헐어 있었고 발은 맨발이었다. 나이는 12세 정도, 나이에 비하여 몸이 왜소했다.

"나무를 패려고 왔는데요."

라고 말하자 나는

"고아원에서 보낸 사람이 겨우 소년인가?"

하고 퉁명스럽게 받아쳤다.

"예, 저는 아직 소년에 불과합니다."

"그래, 넌 너무 작지 않니?"

"몸의 크기는 나무를 패는데 아무런 문제가 되지 않습니다. 저는 고아원에서 오래전부터 나무를 패 왔습니다."

그 순간 나는 불을 부칠 나무들이 모양 없이 산만하게 흩어져 있는 것을 보았다. 또한 글을 쓰던 중이라 길게 이야기 할 마음도 내키지 않아

"좋다, 그러면 해봐. 저기에 도끼가 있다."

라고 말하고는 안으로 들어와 집필을 계속했다. 그러자 그가 나무를 작업장으로 끌어내는 소리가 나의 신경을 자극했으며 이에 상관없이 그는 나무를 쪼개기 시작했다. 쪼개는 소리가 일정한 간격을 유지하면서 규칙적인 리듬을 타고 거스름 없이 내귀를 스쳐갔다. 잠시동안 나는 작업에 몰두하느라 밖의 일을 잊어버리고 있었는데 나무 패는 소리는 마치 줄기차게 내리는 빗방울 소리와 같아 이제는 더 이상 집필에 방해가 되지 않았다.

한 시간 반이 되었을까? 집필을 잠시 중단하고 몸을 움직이고 있는데 소년이 오두막 앞문으로 들어왔다. 해는 멀리 산 너머로 사라져가고, 산골짜기는 에스터보다 더 진한 색으로 물들어 가고 있었다. 소년은

"이제 저녁 먹으러 가겠습니다." 그리고

"내일 저녁에 다시 올 수 있습니다." 라고 말했다.

"자네가 한 일에 대하여 돈을 주어야지."

하고 말했으나 내심은 더 나이든 사람을 바라고 있었다.

"한 시간당 10전, 어떤가?"

"아무래도 상관 없습니다."

곧바로 우리는 오두막 뒷편으로 가보았다. 나는 어안이 벙벙했다. 엄청난 수량의 나무가 규격대로 쪼개져 가지런히 정돈되어 있지 않은가? 거기에는 벚나무, 다 자란 철쭉 뿌리, 오두막을 짓다 남은 나무토막까지도 포함되어 있었다.

"자네가 한일은 성인이 한 것과 다름이 없구먼, 과연 나무 산이라 할 만큼 높이 쌓여 있군."

순간 나는 그 소년의 얼굴을 처음으로 자세히 볼 수 있었다.

그의 머리는 옥수수 색과 같은 흐릿한 노란 색을 띄고 있었다. 눈은 푸르면서도 약간은 희색과 융합된 듯이 보였다. 내가 말하는 동안 넘어가는 햇살이 마지막 빛 광을 발휘하면서 그의 얼굴을 비춰 주었다. 나는 15전을 그의 손에 쥐어 주었다.

"내일도 와 주겠지? 정말 감사해요."

그는 동전과 나를 번갈아 보면서 무엇인가 말할 듯하더니 뒤로 돌아서서는 걸음을 재촉했다. 그는 어깨 너머로

"내일은 불 지필 작은 나무를 손질 할께요."

하고는 사라져 갔다.

다음날 그 소년의 나무 패는 소리에 잠에서 깨어나니 해는 벌써 중천에 떠 있었다. 아직도 잠이 덜 깨어 다시 잠자리에 들었다. 다시 깨어나서 보니 소년은 이미 잘게 쪼개진 나무들을 가지런히 쌓아 놓고 가버린 후였다.

소년은 오후 학교를 마치고 다시 이곳에 들러 고아원으로 돌아 갈때까지 일을했다. 그의 이름은 제리이고, 나이도 12살이라는 것을 알게

되었다. 고아원에는 네 살 때 왔다고 한다. 나는 네 살 적의 그의 모습, 회색눈과 빛바랜 노랑머리의 그 모습을 상상해 보았다. 그의 성격도 헤아려 본다. 어린 나이에 독립심이 있는 듯 보였다. 아니면 인격적인 완성에 도달한 아이 같기도 하였다.

한 사람을 평가하는데 이 같은 찬사는 나에게는 독특한 의미를 갖는다. 내가 찬사를 하는 경우는 극히 드물다. 내 부친이 그러한 성격을 가졌다고 나는 확신한다. 그러나 내가 아는 사람들 중에 산에서 흐르는 물처럼 깨끗하고, 순수성과 단순성을 겸비한 그런 성격의 소유자는 없다고 생각했다. 그러나 제리 소년은 그런 성격의 소유자다. 그 성격이 용기와도 관련이 있을까? 아마 용맹 이상의 성격, 그것이 정직성으로 나타날 수도 있다. 그러나 그의 성격은 단순한 정직성에 그치지 않는 그 이상의 뭔가처럼 보였다.

어느 날 작업 도중 도끼 손잡이가 부러져 나갔다. 제리는 고아원의 목공실에서 고쳐 오겠다고 했다. 내가 돈을 가지고 그가 한 일에 대한 댓가를 지불하려고 하자 그는 받기를 거절했다.

"제가 부러뜨린 도끼자루인 만큼 제가 변상하겠습니다. 저의 부주의로 인한 것입니다."

"누구도 매번 도끼를 정확한 부위에 맞춰 찍는 사람은 없다네. 문제는 그 나무자루에 있지. 그 도끼를 나에게 판 사람을 만나보는 것이 어떨까?"

그제서야 제리는 마음에 내키지 않는 돈을 받는다. 부주의에 대한 죄책감으로 움츠려 있다.

제리는 항상 신중하게 일하는 편이다. 만일 자기가 일을 그르쳤다면 아무런 변명 없이 그것에 대한 변상을 잊지 않는다.

제리는 나에게 꼭 필요한 일을 해주고 있다. 그 일들은 마음의 열정으로부터 나오는 유익한 것들이다. 일정한 훈련을 통하여 되는 것이 아니고 마음의 방향이 잡혀 즉흥적으로 일어나는 충동적 동기로부터 출발한다.

제리는 내가 미처 발견하지도 못한 화덕 뒷편의 벽돌이 흔들리는 곳을 발견하고는 그 자리를 깊게 파서 움직이지 않게 고정시켜 놓았다. 거기에다 마른 가지나무를 쌓아놓고 습기가 찬 궂은날 불을 지필 수 있도록 만전을 기했다. 그의 친절한 배려에 캔디와 과일을 건네주니 아무 말 없이 받아준다. 나의 입장에서 '고맙네.' 라는 표현은 그에게 아무런 의미가 없다. 그의 친절은 본능적으로 이루어지기 때문이다. 그는 선물을 받으면서 내 얼굴과 선물을 번갈아 바라본다. 커튼이 걷히면서 밝은 빛을 통하여 그의 눈 속 깊이 스며든 감사의 표현을 감지할 수 있었고 그의 선한 인성에 사랑의 표현이 어우러지고 있었다.

제리는 가끔 구실을 붙여 나에게로 왔다. 그의 방문을 마다 하고 등을 돌리는 것은 굶주림에 못이겨 찾아온 사람에게 등을 돌리는 것과 다를 바가 없었다. 나는 우리가 대화할 수 있는 시간은 저녁 전 내가 타자를 끝낼 무렵이라는 것을 얘기해 줬다. 그 후 그는 내 타자기 소리가 조용해질 때까지 기다려 주곤 했다.

어느 날 나는 타자를 마치고 어둠이 짙어갈 때 밖으로 나가 보았다. 그 순간 황혼이 제리가 고아원 계단을 올라가는 것을 비춰 주고 있었다. 밖의 의자에 앉아보니 사람의 체온이 아직도 남아 있음을 느꼈다. 그는 바로 여기에 앉아서 기다리고 있었던 것이다.

제리는 나의 충견 패트와도 친숙해졌다. 그 소년과 개 사이에 이상한 교감이 작용했던 것이다. 아마도 그들 사이에는 동일한 혼의 단순성, 지혜의 단순성이 연결고리 역할을 하지 않았을까 하는 추측이 갔다. 내가 타지에 가서 일주일간 집을 비운 사이 나는 패트를 제리에게 맡겨 보았다. 나는 그에게 개를 부를 호각, 오두막 열쇠 그리고 음식을 남겨 놓았다. 그는 하루에 두, 서너번 오두막에 와서 개를 풀어주고, 먹이를 주고 운동을 시키기로 되어 있었다. 내가 일요일에 돌아오기로 되어 있어, 제리는 마지막으로 개를 데리고 나갔다가 돌아와서는 열쇠를 약속한 장소에 숨겨 놓았다.

나의 귀가는 지연되었다. 안개가 산길을 뒤덮어 야간 운전을 포기한 것이다. 안개는 다음날에도 걷히지 않았다. 월요일 정오 내가 오두막에 도착하기 전 제리가 패트에 먹이를 주고 간 것이다. 당일 오후 제리는 걱정이 되어 다시 오두막으로 왔다.

"원장님 말씀이 선생님께서는 안개 속에서는 운전을 하시지 않는다고 하여 취침 전 여기에 와 본즉 아직도 선생님이 도착하지 않은 것을 알게 되어 제가 아침밥을 패트에게 갖다 주었답니다. 패트에게 어떤 일이라도 일어나지 않도록 배려를 했어요."

"자네가 그럴 줄 알았지. 자네가 있는 이상 마음이 놓였어."

"안개가 있다는 말을 듣고 선생님께서 늦게 도착할 줄 알았어요."

제리는 고아원 일이 있어 금방 돌아갔다. 나는 사례로 1달라를 주었다. 그러나 바로 그날 밤 그는 어둠을 뚫고 오두막으로 다시 돌아와 문을 두드렸다.

"제리, 들어와. 이 밤중에 여기에 온다는 허락은 받았나?"

"예, 이야기를 했습니다. 선생님이 나를 보려고 한다는 말을 했지요."

"그게 정말이야."

라고 말하자 그는 마음이 놓인 듯 자리에 앉았다.

"내가 없는 동안 개를 어떻게 관리했는지 듣고 싶네."

제리는 화덕 옆에 나와 마주하고 있었다. 타는 나무가 우리들의 얼굴을 비추고 있었으며 패트가 그의 옆에 앉아있는 모습으로 보아 그의 옆에서 더 편안함을 찾는 듯했다. 패트로 인하여 우리 둘이는 더 가까워졌다는 느낌도 들었다. 제리도 나와 같이 그 개에 자신이 속해 있다는 느낌을 갖고 있는 듯 했다.

"패트는 월계수 숲속에서 뛰놀던 때를 제외하고는 늘 저와 함께 있었어요. 패트는 월계수를 좋아하나 봐요. 우리 둘은 언덕으로 올라가 같이 달렸지요. 얼마쯤 올라가니 풀이 제법 자라나 있어 거기에 누워 숨어도 보았지요. 패트가 저를 찾아다녔어요. 제 발자취를 알아차리고 짖더군요. 저를 발견하고는 좋아서 저를 중심으로 원형을 그리며 뛰어다니더군요."

우리 둘은 화덕에서 불이 타는 모습을 조용히 지켜 보았다.

"바로 이것이 사과나무 가지죠. 다른 나무보다 더 잘 타요."

제리는 그동안 하지 못한 말을 꺼내려는 충동을 느끼는 듯했다.

"선생님은 우리 엄마 같이 생겼어요."

하고 말을 꺼낸다.

"특히 불빛 아래에서는… "

하며 말을 잇는다.

"자네가 고아원에 올 때는 4살이였다면서 어떻게 엄마 모습을 기억하지? 이렇게 세월이 흘렀는데도."

"제 엄마는 맨-빌에 살고 있어요."

제리의 엄마가 살아있다는 사실이 나를 충격으로 몰아넣었다. 이 사실이 내 생애에서 경험한 것 중 왜 가장 충격적이었는지는 나 자신도 모른다. 이제 나는 나의 고민을 이해한다. 나도 한 여인으로서 어린 아들을 버리고 떠난 엄마에 대한 분노가 치솟았기 때문이었을 것이다.

생각할수록 새로운 분노가 솟아난다. 이 착한 어린애를 버리다니.

다행히 고아원은 완벽한 곳인 듯 보인다. 담당 직원들은 모두가 친절하고 음식도 나무랄 데가 없다. 아이들도 건강하다. 낡은 셔츠를 입었다는 것이 그리 큰 문제가 되는 것도 아니다. 노동을 하지만 아이들을 괴롭히는 정도의 일이 아니다. 그러나 설사 그 아이가 부족함이 없이 지낸다 하더라도 이같이 연약한 아이를 그리워하지 않는 그 여인의 오장육부에는 과연 피가 흐르고 있을까? 네살 때의 그 어린아이는 지금과 별 다름이 없었을 것이다. 초롱초롱한 그의 눈빛을 보면 그 어떤 것들도 그것을 변화시킬 수 없을 것처럼 보인다. 그의 사람 됨됨으로 보아 천진, 순결하면서도, 어찌 보면 바보 같은 순진성도 겸하고 있다. 내 가슴은 여러 가지 의문으로 뜨겁게 달아지고 있다. 그러나 더 알고 싶지 않았다. 더 나쁜 사실이 있을까봐 두렵기 때문이다.

"제리, 최근 엄마를 본 적이 있니?"

"매년 여름 봐요. 나를 데리고 갈 사람을 보내요."

나는 거의 소리를 지르다 싶이

"그러면 왜 엄마하고 같이 있지 않니? 어느 엄마가 어린 아들을 고아원으로 돌아가게 할 수 있니?"

"엄마는 가끔 이곳에 와요. 그러나 엄마는 직업이 없어요."

타는 나무가 발산하는 불빛에 아이의 얼굴이 빛나고 있었다.

"엄마가 작은 강아지 하나 주려고 했는데, 이곳에서는 원아들이 강아지를 가질 수 없거든요. 지난번 제가 입고 온 양복 보셨지요. 바로 그것이 엄마가 성탄절 선물로 보낸 것이죠, 바로 성탄절에."

그는 의기양양한 모습을 보이다가 갑자기 긴 한숨을 내쉬며 먼 옛날을 회상 하는 듯…

"롤러스케이트도 보내 주었어요." 하고 말한다.

"롤러스케이트?"

나의 상상력이 다시 바쁘게 움직이기 시작했다. 도대체 그 여자의 정체는 무엇인가? 그 엄마는 아직도 그 아들을 버리지 않은 모양이지. 그렇다면 내가 왜 그 여인을 저주하고 있을까?

"네, 롤러스케이트요. 나는 그것을 아이들에게 빌려주고 있어요. 그 애들은 항상 내 것을 빌려 타거든요."

모자간 이별은 가난 때문이겠지. 무슨 다른 이유가 있을리 있겠나 하고 상상해 본다.

"선생님이 주신 돈을 받겠습니다. 그것으로 엄마 장갑을 사드리려고 해요."

"엄마의 손 사이즈를 아니?"

"아마 8.5 인가. 선생님의 장갑 사이즈는 얼마죠?"

"내것은 6인데."

"그러면 엄마 손이 좀 더 크겠군요."

나는 그 여자를 혐오하고 있다. 가난이든 무엇이든 아들을 고아원에 맡긴다는 것은 어느면으로 보아도 용납되지 않는다. 음식은 빵만을 뜻하는 것이 아니다. 인간의 영혼은 육체 만큼이나 빨리 시들어 버린다. 어린애가 번 돈 몇푼으로 저의 엄마 큰손에 맞는 장갑을 구입하려고 한다. 그 엄마는 멀리 떨어진 맨-빌에서 아들에게 롤러스케이트를 보내고…

"엄마는 흰 장갑을 좋아해요. 1 달라로 그것을 구입할 수 있을까요?"
"아마 그럴 수도 있겠지."

순간 나는 결심을 한다. 그 여자를 보기 전에는 산장을 떠나지 않기로. 그리고 왜 아들을 버렸는지 반드시 알아보겠다고 다짐했다. 이렇게 다짐했건만, 곧 마음이 변하고 있음을 감지했다. 사람의 마음은 실바람에도 요동을 치며 꽃잎을 날려 보내는 엉겅퀴로 만들어진 것이 아닐까? 일단 작품을 완료하긴 했으나, 그리 만족할만한 느낌은 아니다. 다른 작품의 소재를 생각해 보았다. 멕시코? 여기에 마음이 쏠린다. 풀로리다 집을 닫고 사정이 허락하면 멕시코로 가서 집필을 할까도 생각했다. 그리고 다음에 알라스카로, 거기에는 내 남동생이 있지 않은가. 그리고 다음에는? 나도 모르겠다.

나는 일부러 시간을 내어 제리 엄마를 보러 맨-빌에 가지는 않았다. 고아원 사람들과 제리 엄마에 대한 이야기도 꺼내지 않았다. 당장에 닥칠 내 일과 앞으로의 기획 때문에 제리에 대한 생각도 접어 버렸다. 처음에는 그 엄마에 대한 분노가 생겼지만 그 후 우리는 그 여자에 대한 말을 아꼈다. 단지 그 여자가 맨-빌에 살건, 어디에 있건 간에 제리에게 엄마가 있다는 사실이 그에 대한 동정어린 고통으로부터 나를 해방시켜 주었다. 이제 그는 외로운 몸이 아니다. 더 이상 내가 여기에 관여할 바가 아니다.

제리는 매일 와서 나무를 패고 여러 일들을 해주어 나에게 많은 도움을 주었다. 때로는 가기를 지체하고 말을 걸기도 했다. 날씨가 추워서 그를 안에서 머무르게 하면 화덕 앞에서 패트에 손을 올린 채 졸면서, 내가 일이 끝날 때를 기다리는 듯했다. 날이 개이면 제리와 패트는 오랜 친구를 만난 듯 날뛰며 월계수 숲속을 뛰어 돌아다녔다. 쑥부쟁이도 시들어 버려 주홍빛 잎과 노란 물이 떨어지는 밤나무 가지를 주워 오기도 했다. 나도 이제 떠날 준비를 완료했다.

"제리 너는 그동안 나의 좋은 친구였어. 가끔 너의 생각이 나고 또 보고 싶겠지. 패트도 너를 그리워 할꺼야. 나는 내일 떠날꺼야."

제리는 아무 말이 없다. 그가 돌아갈 때는 달이 중천에 떠서 산으로 올라가는 그의 발길을 비춰주었다. 내일 떠날 때 다시 만날 기대를 했었다. 그러나 그는 나타나지 않았다. 물건들을 챙겨 차에 싣고 패트가 누워 있을 잠자리를 만들어 주다보니 반나절이 가버렸다. 오두막을 잠그고 자동차 시동을 걸었다. 아직도 해가 서편에 떠 있어 그동안 산을 빠져나가야 했다. 나가는 길에 고아원에 들러 클라크 양에게 열쇠를 반납하고 사용료를 정산했다.

"제리와 고별인사를 하려고 하는데 불러 줄 수 있겠어요?"

"제리가 어디 있는지 보이질 않네요. 아마 몸이 좋지 않은 모양입니다. 점심도 먹지 않았어요. 한 친구가 말하는데 월계수 숲속으로 올라가는 것을 보았답니다. 오늘 오후 보일러에 불을부치게 되어 있는데… 그는 평상시의 제리가 아닌 듯해요. 항상 믿을만한 아이였는데……"

나는 한편으로 마음이 놓였다. 다시 보지 못할 아이에게 얼굴을 맞대고 이별의 인사를 하기가 어려워, 차라리 고별인사를 하지 않고 떠나는 편이 낳을지도 모른다는 생각이 들었다.

나는 서둘러 클라크 양으로부터 궁금증을 알아보려고 했다.

"제리 엄마에 대하여 좀 말하고 싶은데… 엄마가 있는데 왜 그 아이가 여기에 있어요? 내가 곧 출발해야하기 때문에 그 엄마를 볼 시간이 없습니다. 여기에 돈을 놓고 가니 클라크 양께서 크리스마스나 그 아이의 생일에 선물을 사주실 수 있겠어요? 내가 직접 보내는 것이 좋긴

하겠지만. 롤러스케이트 같은 것은 선물로 보내기가 좀 거북해요."

독신인 클라크 양은 그 순진한 눈을 껌벅이며

"여기에서는 스케이트가 필요하지 않아요."

라고 말한다. 그녀의 순진성이 오히려 나에게 부담으로 다가왔다.

"내가 말하는 뜻은 제리 엄마가 보낸 스케이트 같은 선물은 되풀이하지 않겠다는 것입니다. 제리 엄마가 스케이트를 보냈다는 것을 알지 못한다면 똑같은 것을 보낼 수도 있지 않겠어요?"

클라크 양은 약간 놀란 듯 나를 쏘아본다.

"저는 무엇을 뜻하는지 잘 이해가 되지 않습니다. 제리는 엄마가 없습니다. 스케이트도 없습니다."

부러진 벚나무

▍원작 : 제시 스튜어트

나는 학교가 파한 후 혼자 남아 일하고 있었다.
"저 공부가 끝난 후 학교에 남는 것에 대하여 개의치 않아요."
허버트 선생께 말했다.
"그러나 저는 차라리 회초리를 맞고 일찍 집에 갔으면 좋겠어요. 집에 늦게 도착하면 아빠로부터 또 매를 맞거든요."
"너는 매를 주기에는 너무 컸어. 네가 벚나무에 올라간 것에 대하여는 응분의 벌을 받아야 해. 너희들이 거기에 올라가면 안된다는 것을 잘 알고 있지 않니? 다른 다섯 아이는 응분의 벌에 대하여 벌금을 냈단다. 너만이 돈을 내지 못하고 있어. 1달러 라도 어디서 차용할 수 없는 거니?"

"아무도 저에게 돈을 꾸어주지 않아요. 차라리 그에 대한 체벌을 받아야 겠지요. 어떤 체벌이든 관계 없어요. 빨리만 끝났으면 해요."

허버트 선생이 곧바로 나를 응시 한다. 선생은 키가 크다. 회색 양복을 입고 있어, 그의 머리 색깔과 잘 어울린다.

"선생님, 저의 아빠를 잘 모르시죠. 아빠는 구식 사람입니다. 아빠는 우리가 21세가 될 때까지 자기만을 생각해 줄 것을 강요해요. 아빠는 항상 '매를 아끼면 아이를 망친다'는 교훈을 굳게 믿지요. 이번 벗 나무 사건에 대하여 아빠를 설득시킬 자신이 없습니다. 제가 우리 형제들 중에서 고등학교에 진학한 최초의 아이거든요."

허버트 선생은

"너는 벌을 받아야 해."

하고 단호한 어조로 말한다.

"너는 오늘 학교가 파한 후 두 시간 더 있어야 하고, 이것이 내일도 계속 된다. 한 시간 벌에 대하여 25센트를 지불한 것으로 간주한다. 고등학교 학생에게는 상당한 돈이지. 너 혼자 바닥을 닦고, 흙판을 지우고 유리창도 닦아야 한다. 네 대신 내가 부러진 벗나무에 대한 돈을 지불하겠다."

나는 허버트 선생으로부터 돈을 차용할 입장이 못된다. 하는 수 없이 사환이 할 일을 하고 그 댓가로 시간당 25센트씩 공제 받는 수밖에 없다. 바닥 청소를 하면서도 아빠에 대한 두려움이 내 머리를 떠나지 않는다. 아빠가 무어라고 할까. 왜 늦었어? 하고 물으면 무어라고 대답할까? 왜 벗나무에 올라가 가지를 부러트렸나? 왜 우리들은 다른 아이들과 떨어져 미친듯이 언덕을 올라갔나? 우리 여섯명이 도마뱀을 쫓아

나무에 올라 갔었지. 가지가 부러져 우리 모두가 함께 떨어졌지, 부러 질것 같은 나무가 아니었는데… 하필이면 왜 바로 그때 아이프 그래브 트리가 나무 밑에서 밭일을 했을까? 그래서 우리가 잡혔지. 그는 부러진 나무에 대하여 변상을 요구할 그런 사람밖에 못 되었나?

학교 문을 나왔을 때는 벌써 여섯 시가 되었다. 집에까지 6마일을 걸어야 한다. 집에 도달하면 7시가 넘을 듯하다. 집에 가면 할 일이 태산 같다. 7마리의 젖소, 사료를 먹일 가축이 총 19마리, 4마리의 당나귀, 돼지가 25마리, 땔 나무를 해야 하고, 샘으로부터 물을 끌어와야 한다. 내가 도착하면 아빠 혼자서 모든 일을 다 하고 있어, 분명히 나에게 화를 퍼부을 것이다. 나는 걸음을 재촉했다. 잎이 떨어진 나무 밑을 지나고, 언덕을 단숨에 넘어갔다. 벌써 땅은 얼기 시작했다. 이제 우리 목장과 접한 산마루에 도달했다. 산마루를 쏜살같이 내려오니 이마에 밴 땀을 찬바람이 말려 준다. 목장을 가로 질러 단숨에 집에 도달했다. 책 가방을 던져버리고 곡간으로 달려갔다. 단숨에 교복을 작업복으로 갈아입고, 사료를 건조하기 위하여 넓게 펴기 시작했다. 아빠도 사료를 펴고 있었다.

"그건 제가 할께요. 아빠는 들어가세요. 학교에서 좀 늦었습니다."

"너 이제야 왔구나."

아빠는 돌아서서 나를 응시한다. 그의 눈에 불이 붙는다.

"도대체 무엇 때문에 이렇게 늦었니? 왜 일찍 와서 나를 도와 주지 않았어? 우리 집에서 하나라도 훌륭한 사람을 만들려고 너 하나만을 고등학교에 보냈는데 너는 이제 가족의 기대마저 저버리고 있지 않느냐?"

나는 침묵으로 일관했다. 학교에서 늦은 이유를 언급하고 싶지 않았

다. 아빠는 하던 일을 잠시 멈추고 나를 쳐다보더니

"왜 하필이면 이 밤중에 집에 온단 말이냐? 말 하지 않으면 당장 회초리를 들거야."

"예, 학교에서 늦도록 있어야 했어요."

아빠로부터 매를 피하기 위하여 거짓 핑계를 댈 수는 없었다. 아빠는 내일이라도 학교에 가서 물어 볼텐데 거짓말을 하면 사태가 그만큼 더 악화될 것이 뻔하기 때문이다.

"왜 학교에서 늦도록 있어야 했니?"

"생물 시간에 들로 나갔는데 우리 반 학생 6명이 벚나무 가지를 부러 트렸어요. 그것을 보상하기 위하여 각자가 1달러씩 부담했는데 나는 돈이 없었어요. 그래서 허버트 선생이 돈을 지불하지 못하는 대신 일을 시켰어요. 시간당 25센트씩 쳤지요. 오후엔 학교에서 일을 했어요. 내일도 늦게까지 있어야 해요.

"너 그게 정말이냐?"

"예, 사실을 말씀드리는 겁니다. 아빠가 직접 가 보시면 아실겁니다."

"그렇게 할거야. 내일 아침에 가보겠다. 그런데 누구의 벚나무를 부러트렸단 말이냐?"

"아이프 그래브트리의 나무입니다"

"도대체 네가 왜 아이프 그래브트리 농장까지 갔어. 거긴 학교에서도 4마일이나 떨어져 있는데. 학교는 왜 책에 따라 가르치지 않느냐? 학교에서 너희들 보고 그렇게 멀리 나가 산에 오르라고 하더냐? 그것이 공부의 전부라면 나는 너를 학교에 보내지 않고 집에서 일을 시키는 것이 더 좋다고 생각한다. 네가 할 일이 얼마나 많은지 알고 있니?"

"아빠, 곧 봄이 와요. 학교에서 가르치는 주제를 갖고 이야기해야지요. 얼마 있으면 곤충, 벌레, 뱀, 꽃, 개구리, 식물들을 보게 되는데 이 모든 것이 생물 시간에서 다루게 되요. 날씨가 좋아 이들 중 몇 종을 취재하러 들에 나갔다가 우리 반 아이 6명이 벚나무 가지에서 일광욕 하는 도마뱀을 보고, 이를 추적하러 나무에 올라갔어요. 그 나뭇가지가 부러질 때 마침 아이프 그래브트리가 나무 밑에서 밭일을 하고 있다가 우리를 잡아 이름을 알아냈어요. 다른 애들은 그에 대한 대가를 지불했는데 나는 돈이 없어 허버트 선생님이 대신 지불해주고 그 대가로 제가 학교에 남아 일을 하게 된 거예요."

"저런 가련한 것. 내가 내일 아침 직접 가서 그 선생을 만나서 담판을 져야겠다. 그런 사람은 손 좀 볼 필요가 있어. 이 고장 어느 곳에도 그런 사람은 찾아볼 수 없어. 책은 학교에 두고 애들을 산과 들판으로 뛰어 돌아다니게 하는 그런 학교가 어디 있어? 우리가 학교에 다닐댄 그런 일은 없었다."

"아빠, 제발 학교에는 가지 않았으면 해요. 내가 두 번만 학교에 남아 일을 하면 1달러는 해결돼요. 아빠가 학교에 가서 허버트 선생님과 다투는 것은 바람직한 것이 못 됩니다."

"너 이 애비가 늙었다고 부끄러워서 그러는 거냐? 너를 이렇게 길러 놓고, 나보다 낳은 사람이 되라고 학교에 보냈더니 이제 와서 네가 하는 수작이 바로 이런 것 뿐이냐?"

이 말을 듣는 순간 나는 곡간 저편 숲속으로 달아나고 싶은 충동을 느꼈다. 학교를 그만두고 집를 떠나 영영 돌아오지 않을 생각도 했다. 아빠는 나를 잡지 못할거야. 도망가는 길밖에 없어. 나는 죽어도 아빠하고 학교에 갈 수는 없어. 아빠는 권총을 갖고 갈꺼야. 그것을 허버트 선생에게 겨누겠지. 아빠가 어떤 일을 할지는 누구도 예측할 수 없단 말이야. 아빠 시절의 학교는 지금과 다르다고 말할 수 있겠지만 그것을 이해할만한 양반이 아니야. 개구리, 도마뱀, 이런 것들이 생물시간에 배우는 것이라 해도 그대로 들을 사람이 아니야. 내가 집을 떠난다 해도 마음을 바꿀 분이 아니야. 설사 내가 도망을 쳐도 학교와 허버트 선생 때문이라고 믿고 선생을 찾아갈 것이 틀림없어. 이런저런 사색에 빠져있는 동안 갑자기 나의 우려가 새로운 각오로 변한다. 왜 도주 해. 그럴 필요가 없지. 가축 먹이던 일을 계속하며 내일 아빠와 학교에 같이 가기로 마음을 다진다.

3월이 되었어도 하늘이 차갑다. 달이 마을을 밝게 비춰준다. 달이 질 때까지 일을 했다. 허버트 선생은 내가 집에서 얼마만한 일을 하고 있는지 알지 못한다. 만일 그가 알았다면 나를 학교에 그토록 늦게까지 잡아 두지는 않았을 것이다. 나에게 1달러를 빌려주었을 것이고 나는 내몫을 청산했을 것이 아닌가? 그는 농장 소년들이 학교에 가기 위하여 어떻게 일하고 있는지 모른다. 그가 가르치고 있는 이 지역 고등학교 아이들이 모두 농장 아이들이다. 일을 마친 후 집으로 들어와서 그제야 저녁을 들었다. 저녁식사가 차다. 나는 아빠와 엄마가 거실에서 말하는 소리를 들을 수 있었다. 아빠는 내가 학교에서 늦게까지 있었던 이야기를 하고 있었다.

"오늘은 일이 많았어. 하루종일 밭갈이 하고, 우유 짜고, 나무 패고, 이 모든 일을 나 혼자 하기에는 너무 벅차. 내일은 시간을 내어 학교에 가서 저들의 버릇을 고쳐 놓고야 말겠어. 허버트 선생에게 나는 결코 좋은 사람이 못될 거야. 그는 나를 학교에 오래 잡아 두지는 못 할걸. 나는 다른 모습을 보여 줄거야. 그래서 그 선생에게 내가 누구인지 알려 주겠어."

"러스터"

하고 엄마가 놀란 표정으로 아빠를 부른다. "당신, 이 일에 관여하지 마세요. 사고를 치지 말란 말예요. 그 따위 술책을 부리다가는 감옥에 가기 안성맞춤이지. 법은 당신을 지켜보고 있어요. 당신이 학교에 나타나면 선생 앞에서 당신 아들 데이브만 죽도록 괴롭힘을 당해요."

"괴롭히건 말건, 문제는 저들이 내가 여기에서 무엇을 하는지 염두에 두지 않고 있단 말이야. 그렇지 않나? 다른 아이들은 다 보내고 한 아이만 붙잡고 집에 가지 못하게 하는 것은 불공평한 처사가 아닌가? 우리 아들은 어느 애 못지않게 착한 아이일세. 안그런가? 실탄 한 발이면 비틀린 것들을 바로 잡을 수있을거야. 그사람이 우리 아들에게 그런 짓을 하고도 무사하게 넘어가지는 못할걸. 내일 아침 일찍 가서 틀어진 일들을 바로 잡아야 겠어. 아이들이 곤충 벌레에 대하여 배우려고 해. 또, 그들이 신이 창조한 생물들 뱀, 개구리 같은 것을 찾아 산과 들을 헤메고 다니다가 벚나무 농원에 들어가서 도마뱀을 쫓다 보면 그 가지도 부러지겠지. 나이든 아이프 그래브트리는 부러진 가지 때문에 불에 용해된 납을 그 아이들에게 퍼부어려고 해. 그는 아이들 보다는 저 늙은 허버트 선생부터 먼저 손을 보아야 했었을 텐데."

나는 저녁을 먹고 이층으로 올라가 등불을 켰다. 나는 모든 것을 잊으려 했다. 그리고 평면 기하학에 대한 공부를 시작했고 다음에 생물 공부를했다. 허나 아빠가 할 일을 생각하니 공부가 제대로 되질 않는다. "아빠와 나는 내일 학교에 간다. 아빠는 권총을 허버트선생에게 겨누겠지. 선생이 나를 어떻게 생각할까? 모든 일은 신에 맡기자. 내가 할 수 있는 것은 아무것도 없어. 허나 아빠가 그를 쏘면 어떻게 하지.

나는 정말 아빠와 학교에 가기 싫어. 혹시 하룻밤을 넘기는 동안 아빠 마음이 진정 되어 학교 방문을 취소할지도 모르지."

아빠는 4시에 일어나 화덕에 불을 부치고 엄마를 깨워 아침식사를 준비시켰다. 그리고 나와 함께 소먹이를 주고 우유를 짰다. 우리가 일을 마칠즈음 엄마는 아침식사 준비를 마쳤다. 아침을 먹고 나니 해가 떠오르고 창밖으로 보이는 참나무 가지에 서리가 맺혔다. 저편 언덕도 서리로 덮여 하얗게 보인다.

"데이브, 학교 갈 준비를 서둘러라. 너와 같이 가서 곤충, 개구리, 도마뱀 공부, 벚나무 가지 부러진 것 등을 내 눈으로 보려고 한다. 나는 이같이 어리석은 공부를 달갑게 여기지 않는다."

아빠는 결코 잊어버리질 않았구나. 이제 학교 갈 일을 생각하니 소름이 돋는다. 아침 일찍 떠나는 것이 다행인지도 몰라. 아빠가 허버트 선생에게 총을 쏘면 나 이외에는 아무도 볼 사람이 없을 테니까. 아빠도 학교에 가면 마음이 불안 할꺼야. 아빠는 가슴까지 올라온 작업복을 입고 묵직한 구두를 신고, 양가죽 오바를 입는다. 채양이 축 늘어진 검정 모자를 쓰고 권총을 가죽 케이스에 집어넣는다. 우리는 언덕을 넘어 학교로 향했다. 우리는 다른 사람보다 일찍 학교에 도착했고 허버트 선생도 이어 도착했다. 우리가 2층 교무실로 올라가는 동안 나는 이런 생각을 해보았다. '아마도 아빠는 허버트 선생이 좋은 사람이라는 것을 알게 될꺼야. 나쁜 생각을 갖는 것은 상대방을 모르기 때문이지. 나도 저 언덕 넘어 램버트가의 애들을 처음에는 달갑지 않게 봤거든. 그들과 대화를 나누고부터 서로 좋아지기 시작했고, 우리는 지금 가까운 친구가 되었어. 남을 안다는 것은 큰 의미가 있지.'

"당신이 허버트 선생이요?"

"예, 데이브 아버지시군요."

"예." 하고 대답하면서 아빠가 가지고 온 권총을 꺼내 의자에 놓는다. 이것을 보자 허버트 선생의 눈이 검정테 안경 너머로 갑자기 휘둥그레 지는 것을 보았다. 그의 창백한 볼에 홍조가 띄기 시작한다.

"학교에 대하여 몇가지 알고 싶은 것이 있습니다."

하고 아빠가 말을 꺼낸다.

"나는 데이브를 훌륭한 학자로 키우려고 합니다. 우리 아이들 11명 중 데이브만이 고등학교에 진학 했습니다. 데이브가 집에 늦게 오는 바람에 모든 일이 내 어깨를 무겁게 합니다. 데이브의 말에 의하면, 당신이 애들을 곤충사냥으로 내보내어 벗나무 가지를 부러트렸다고 해요. 부러진 나무에 대한 보상으로 돈을 지불하지 못하여 늦게까지 학교에 남아 있어야 했다고 하는 데 그것이 정말입니까?"

"아, 예 그런 것 같습니다." 하고 떨리는 목소리로 대답한다. 그리고는 아빠의 권총을 바라본다.

"그렇다면 이곳은 고등학교라고 볼 수가 없군. 벌레 학교, 도마뱀 학교라고 부르는 것이 맞겠네. 제기랄, 여기가 무슨 학교야."

"그런데 이 권총은 왜 가져 왔어요?" 허버트 선생이 묻는다.

"여기 작은 구멍이 보이지요?"

아빠는 44구경 권총 손잡이 구멍에 손가락을 넣는다.

"여기를 당기면 실탄이 날아가 어떤 사람이라도 가게 하는 거 알지요? 부자도 가난한 자도 이 앞에서는 다 똑같소. 허나 여기에 와서 당신을 만나고는 이 권총이 필요없게 된 것 같소."

허버트 선생님 옆에 서있는 아빠의 모습은 육중하고 건장했고, 그의 황색 빛 얼굴은 힘든 일을 견디어낸 거친 농부의 모습이었다. 나는 이전에는 아빠가 그렇게 큰 사람이라는 것을 알지 못 했다. 학교에서는 허버트 선생이 커 보였으나 지금의 아빠 앞에서는 비교가 되지 않았다.

"나는 오로지 나의 임무만 충실히 했을 뿐이오. 섹스톤 선생, 학교에서 가르치는 모든 과정은 주정부가 제시하는 지침에 따른 것이죠."

"과정이라? 어떤 과정을 말하는 거요? 벌레과정이란 말이요? 어린 것들을 들로 산으로 끌고 다니고, 아이들은 제 멋대로 놀아나고 엄마, 아빠들은 노예처럼 집에서 일하며 학비를 대고."

아이들이 등교하기 시작한다. 이 모습을 보이지 않으려고 허버트 선생은 "데이브, 문을 닫아라. 아이들이 듣는다."고 말했다.

나는 창 쪽으로 가서 창문을 닫았다. 나는 마치 바람 앞의 낙엽처럼 흔들리기 시작한다. 아빠는 어느 순간이라도 허버트 선생을 한 대 칠 것만 같다. 아빠 혼자 말하느라 얼굴이 붉어졌다. 사실 아빠의 얼굴이 붉어진 것은 이 문제 때문이 아니라 오랜 세월 밖에서 일하면서 거친 기후와 싸운 결과 때문일 것이다.

"아이들이 무리지어 들판이나 산에서 곤충, 뱀들을 쫓아다니다 나뭇가지를 부러트리고, 아이를 늦게까지 학교에 붙들어 두고, 이 모든 일들이 나에게는 그렇게 좋은 일로 보이질 않아요."

"섹스톤 선생, 그 이상 내가 데이브에게 할 수 있는 일이 무엇이 있겠습니까? 그 아이들은 도마뱀을 따라 나무에 올라갈 필요가 없었어요. 한명만 올라갔으면 될 것을… 그 농부가 부러진 나무에 6달러를 요청했어요. 그가 좀 터무니없는 사람이라고 여겼지요. 허나 어떻게 할 수 있겠습니까? 그 액수를 지불 할 수밖에. 데이브가 돈이 없다고 하여 다른 다섯 아이는 돈을 내고 데이브만 유예시킬 수는 없는 일 아닙니까? 내가 대신 지불하고 그 대신 데이브가 일을 하게 했지요. 나를 위해서가 아니라 학교를 위해서 일한 것입니다."

"지금 선생이 무슨 말을 하는지 이해 할 수 없군요. 매를 들었으면 간단히 끝낼 수 있었을 텐데. 데이브에게는 매가 필요합니다."

"매를 들기에는 데이브가 너무 컸어요. 체격으로 보면 당당한 성인입니다."

"나에게는 데이브가 크게 보이지 않아요. 21세가 될 때까지는 절대 큰 것이 아닙니다. 돈이 있다고 하여 다른 아이들은 집에 가고, 돈 없는 아이는 학교에서 일하고, 이것이 불공평한 것 아닙니까? 도대체 곤충 벌레가 학교와 무슨 상관이 있는지 아무래도 이해할 수가 없습니다. 보기가 나쁘지 않아요?"

이 말이 끝나자 아빠는 권총을 집어 다시 케이스에 끼운다. 홍조가 허버트 선생 얼굴에서 사라진다. 그러자 그는 아빠에게 더 많은 말을 한다. 아빠는 누그러진 모습이다. 아빠는 고등학교에 와 본적이 없다. 그가 학교에 있는 것이 어색하게만 보였다.

"우리는 뱀, 두꺼비, 꽃, 나비들만 찾아다니는 것이 아닙니다. 섹스톤씨, 우리는 목초의 일종인 티모디 풀도 찾아 다니지요. 그것을 인큐베이터에 넣고 프로토조아를 생성합니다."

"인큐베이터가 무엇인지 모르겠네. 그것이 암탉에서 병아리를 떼내어 기르는 새로운 방법이 아닌가? 지금 선생이 기른다는 그 부류가 무엇인지 잘 모르겠어요."

"균이 무엇인지 들어본 적 있어요, 섹스톤 씨?"

"섹스톤씨 라고 부르지 말고 러스터 라고 불러주세요."

"그래요 러스터, 균이라는 말 들었지요?"

"예, 그러나 나는 그것을 믿지 않아요. 내가 지금 65세인데 아직도 그것을 본 적이 없어요."

"육안으로는 볼 수 없는 것이지요. 권총은 여기에 두고 오늘 나하고 학교에 같이 있읍시다. 당신에게 보여줄 것이 있어요. 당신의 잇속에 끼어 있는 음식 찌꺼기에도 균이 있어요."

"뭐라구요? 내 잇속에 균이 있다고요?"

"예 있어요. 검은 뱀에서 볼 수 있는 똑같은 종류의 균이 거기에 있어요."

"내가 선생의 말을 반박하는 뜻은 아니요만, 그러나 내 입속에 균이 있다는 말은 믿을 수가 없소이다."

"오늘 여기에 계십시오. 내가 보여드리지요. 우선 학교를 구경합시다. 당신이 다니던 그런 학교가 아니랍니다. 많이 변했어요. 아마 그 당시엔 이 고장에 고등학교가 없었을 겁니다."

"없었지요. 학교에서 하는 일이란 읽고, 쓰고, 기억하는 것 뿐이였지요. 곤충 벌레의 관찰을 통하여 균을 발견하는 것, 뱀들과 지내는 이런 것들은 생각도 못했지요. 참 많이 변했네요."

"그렇습니다. 우리는 모든 것이 잘 되기를 바랄 뿐입니다. 귀댁의 자제 같은 아이들이 이러한 변화를 가져오는데 도움이 돼요. 자제는 내가 가르치는 모든 것을 잘 알고 있어요. 오늘 저와 여기에 게시겠지요?"

"예, 있고말고요. 내 잇속에 있는 균을 보고 싶습니다. 이런 것을 평생 본적이 없어요. 보는 것이 믿는 것이지요."

아빠는 허버트 선생님과 함께 집무실을 나간다. 나는 선생님이 아빠를 자극하지 않기를 바랬다. 잘못하면 아빠가 총을 겨눈 죄로 체포될 수도 있으니까. 아빠가 어떤 분쟁을 해결할 땐 총이 그의 유일한 수단이었지.

종이 울린다. 아이들은 열을 지어 교실로 들어가면서 아빠를 힐끗 바라본다. 애들은 서로 놀려대고 펀치를 교환하며, 몸을 잠시도 그대로 두질 않는다. 아빠는 애들이 지나가는 모습을 바라보고 있다. 남녀 학생 모두가 깨끗한 옷차림을 하고 있다. 그는 잎이 떨어진 느티나무 밑의 운동장 가장자리에 우뚝 서 있다. 양가죽 코트, 육중한 구두, 구두 위로 솟아오른 두터운 양말, 가슴까지 올라온 작업복, 두 다리를 따라 내려온 부풀어 오른 바지통, 검정색 모자 아래로 삐져나온 흑백이 뒤섞인 머리카락, 그리고 얼굴은 햇볕에 타서 거칠게 보인다. 그의 손은 유난히 커서 그 옆에 서 있는 느티나무 뿌리처럼 꼬여 있는 듯하다.

내가 첫 교시에 들어가서도 아빠와 허버트 선생은 여전히 학교 여러 곳을 돌아보는 모습이 눈에 띄었다. 아빠와 선생이 우리 교실에 들어왔을 때 우리는 기하학을 배우고 있었다. 두 분이 조용히 들어와 앉아 있는 동안 프레드 부르트가 그렌 암스트롱에게

"저 늙은 사람이 누구야. 꽤 거칠은 무뢰한 같이 보이네"

하고 속삭이자 그렌이

"아마 데이브의 아빠 일거야"

하고 대답했다. 아이들의 눈길이 아빠에게로 간다. 아마도 "저 늙은 이가 학교에는 무엇하러 왔어?" 하고 비웃고 있는 듯 보인다. 수업이 끝나자 두 분은 자리를 떴다. 운동장으로 가면서 허버트 선생은 무엇인가 열심히 설명을 한다. 걸어가는 아빠의 외투 속에 권총의 윤곽이 들어나 보인다.

학교 식당의 정오, 아빠와 허버트 선생이 함께 식탁에 마주하고 앉

아있다. 이 작은 식탁은 허버트 선생이 혼자 식사하던 곳이었다. 오늘은 이 두 분이 함께 식사를 하고 있다. 학생들이 아빠가 식사하는 모습을 지켜 보고 있다. 아빠는 포-크 대신 나이프로 고기를 집어든다. 아이들은 그분이 내 아빠라는 것을 알고 나에게 무안한 표정을 보인다. 아이들이 나에게 무안한 마음을 가질 필요가 없을 텐데. 나는 아빠가 허버트 선생님을 쏘지 않은 것만으로도 아빠에 대한 부끄러움을 느끼지 않고 있다. 어떻든 두 분이 친구가 된 것이 나에게는 정말 기쁜 일이다. 앞으로도 아빠가 어떻게 행동을 하던 그에 대한 수치감을 느끼지 않을 것이다.

오후 생물 시간에 아빠가 우리 반에 다시 들렸다. 그는 현미경을 보기 위하여 만든 높은 의자에 앉았다. 우리는 아빠와는 무관한 듯이 생물 수업을 시작했다. 아빠는 주머니에서 작은 칼을 꺼내어 치간에 박혀 있는 음식 찌꺼기를 꺼낸다. 허버트 선생은 그것을 받아 현미경 밑에 놓는다. 그는 현미경을 조정하고 나서

"자, 러스터 여기 좀 보시오. 한쪽 눈을 렌즈 위에 대고 다른 쪽 눈은 감으세요,"

하고 말한다.

아빠는 머리를 구부리고 허버트 선생이 하라는 대로 움직인다.

"아 저기 보이는군. 누가 이런 것들이 있으리라고 상상이나 했겠나? 바로 내 몸속에… 허버트 선생, 설마 이것이 조작된 것은 아니겠지요?"

"천만에요, 러스터. 바로 그것이 균이라는 거요. 이 균들은 육안으로 볼 수 없기 때문에 현미경을 사용하는 거요. 이 같은 균은 우리 몸 속에 수백만 마리가 있어요. 이 균들은 해로운 것이지만 유익한 것들도 있습니다."

아빠는 눈을 다시 현미경에 대고 밑을 본다. 우리는 수업을 멈추고 아빠를 쳐다본다. 그가 높은 의자에 앉으니 그의 긴 다리의 무릎이 테이블에 와닿는다. 아빠가 앞으로 구부릴 때 코트가 등을 따라 위로 올라 감으로서 그의 권총 손잡이가 노출 되었다. 허버트 선생이 코트를 아래로 끌어 총을 덮는다.

"감사합니다." 라고 말하면서 일어서서 코트를 밑으로 당겨 바로 잡는다. 아빠의 얼굴이 붉어진다. 그는 이제 권총이 학교에서는 필요 없음을 알고 있다.

"어제 우리가 잡은 큰 검은 뱀이 있어요. 이를 마취 시켜서 해부해서 과연 균이 얼마나 있는지 봅시다."

"그것은 그만 둡시다" 라고 아빠가 말한다.

"나는 선생을 믿어요. 선생께서 뱀을 죽이는 것을 보고 싶지 않아요. 나는 뱀들을 절대로 죽이지 않아요. 그들이 농사에 도움을 주기도 해요. 또 나는 검정색 뱀을 좋아해요. 그래서인지 사람들이 그 뱀들을 죽이는 것을 싫어해요 우리 농장에서 뱀이 살해 되는 것을 나는 용납하지 않아요."

아이들이 아빠에게로 눈을 돌린다. 아빠가 이 말을 한 후부터 아이들은 아빠를 새롭게 보는 것 같다. 몸에 권총을 품고 다니던 사람이 뱀에 대하여는 온정을 갖고 있다는 것이 믿어지지 않는 모양이다. 그렇다면 그 권총은 사람에 대한 비정함을 상징하는 것이 아닌가? 가축에 매질은 하지 않는가?

허버트 선생이 아빠를 실험실로 데리고 가서 우리가 하고 있는 실험을 보여준다. 여기에 있는 실험기구에 대하여 설명하고 있다. 그리고는 두 사람이 밖으로 나간다. 밖에서 큰 소리로 말하는 것을 보니 실험실에서 아껴두었던 말을 털어놓는 모양이다. 실험이 끝나자 우리는 밖으로 나갔다. 이것이 오늘의 마지막 수업이다. 나는 빗자루를 들고 청소를 시작해야 한다. 이 청소로서 부러진 벚 나무 때문에 발생한 빚을 청산하게 된다. 아빠가 이것 때문에 내가 학교에 남아있는 것을 허락할까? 아빠는 아이들이 지나가는 모습을 바라보고 있다. 아이들 속의 아빠는 새로 돋는 나무 잎파리 중에서 홀로 갈색으로 변하고 있는 잎과도 같다.

나는 빗자루를 들고 청소를 시작했다. 허버트 선생이 오더니

"오늘은 하지말고 다른 날에 해라. 아빠와 함께 집에 가야지. 아빠가 너를 기다리고 있다"

라고 말한다. 나는 빗자루를 놓고 책을 챙겨 계단을 내려갔다. 아빠는

"너 오늘 두 시간 청소해야 하지 않니?" 하고 의아한 듯이 말했다.

"허버트 선생님이 다른 날 청소를 하고 오늘은 아빠하고 집에 가라고 했어요."

"아니야, 선생님이 시키는 대로 해야지. 그 선생은 좋은 사람이다. 학교가 우리 때와는 너무 변했어. 아들아, 나는 죽은 나뭇잎에 불과하구나. 시대에 뒤진 사람이야. 내가 여기에 오는 게 아니였어. 만일 그가 허락 한다면 너와 내가 빗자루를 들고 청소하면 한 시간이면 될꺼야. 그러면 빚을 다 갚게 되는 거야. 네 청소를 도와 줄께. 선생님께 내가 물어 볼까?

"그 빚 청산을 취소하겠어요. 그렇게 알아주셔요 러스터."

하고 허버트 선생이 말한다.

"그 취지는 이해합니다만 데이브 빚이 남아있는 이상 일하는 것이 당연 하지요. 내가 그를 도와 줄 수 있게 허락해 주시지요?"

"그러지 마세요. 모든 것이 내 책임입니다."

"우리는 그렇치 않습니다. 우리는 바르고 정직한 사람들입니다. 댓가가 없는 것은 기대하지 않아요. 선생 생각이 잘못 된 듯 해요. 우리가 하는 것이 도리입니다. 내 말을 들어 주세요. 오늘 선생으로부터 많은 것을 배웠습니다. 내 아들은 앞으로 나가야 해요. 나는 뒤에 처지고. 내가 가족을 부양하고 밭을 가는 사이에 많이도 변했습니다. 나는 바르고 정직 한 사람입니다. 절대 빚을 그대로 두지는 않습니다. 나는 배운 것은 없지만 경험으로 무엇이 바르고 무엇이 나쁜지 쯤은 알고 있습니다."

허버트 선생은 퇴근하고 아빠와 내가 남아 한 시간 정도 청소를 했다. 아빠가 빗자루를 드는 모습이 어딘가 어색하게 보였다.

"집에서는 엄마가 다하기 때문에 빗자루를 들어본 적이 없거든. 아빠는 밭갈이와 다른 수공 일을 해왔지. 제기랄 왜 이렇게 청소가 안되는지 모르겠네. 내가 닦은 데도 먼지가 줄지어 남아 있어. 일을 전연 하지 않은 것 같네. 빗 자루가 너무 가벼워서 그런가? 데이브, 여하튼 최선을 다 하겠다. 내가 학교에 대하여 너무 몰랐어."

"아빠, 권총을 학교에 가지고 와서 교무실에서 그것으로 위협한 것에 대하여 허버트 선생님이 경찰에 고발할 수 있다는 것을 알았어요? 그것만으로도 아빠는 감옥에 갈 수 있다는 것을… "

"허나 모든 일이 제대로 풀렸지 않니? 내가 그렇게 되도록 노력했지. 허버트 선생이 그것을 법에 호소하지는 않을거야. 그는 나를 좋아하고 나도 그를 좋아한다. 우리는 같이 협력한 거지. 그도 잘못된 일을 바로 잡았어. 너는 학교에 계속 다녀야 한다. 이 애비처럼 되지않기 위해서… 나는 이 나이에도 불구하고 아직도 강하고 힘든 일도 견뎌낼

만 하여 너를 뒷바라지 할 수 있다. 허나 나는 시대에 뒤떨어진 사람이다. 나는 소인이야. 네 손은 내 손보다 부드럽고, 너는 이 늙은 애비보다 더 좋은 옷을 입고, 단아한 모습을 보여야지. 아들아, 빚을 갚을 줄 알아야 정직한 사람이 된다. 정직한 사람은 동물에게도 친절하다. 더 이상 뱀을 괴롭히지 마라. 이 모든 것이 내가 학교에서 터득한 것이다. 뱀을 풀어 잠자리로 돌려 보내라."

우리가 집에 도착했을 때는 어둠이 짙게 깔려 있었다.

하늘에는 별들이 보인다. 달도 떠 있고 땅은 얼어붙었다. 아빠와 나는 일을 시작했다. 허나 어제처럼 능률이 올라가지 않는다. 일이 채 끝나기도 전에 벌써 10시가 되었다. 우리는 저녁을 먹고 아빠는 화덕 앞에 앉아 엄마에게 균이 무엇인지 보여주겠다고 한다. 엄마도 균을 본 적이 없다. 아빠는 계속해서 학교 이야기를 꺼낸다. 허버트 선생이 좋은 사람이라는 것, 자기들이 다니던 학교는 지금과는 너무 다르다는 것도 말한다. 아빠의 가슴에는 처음 보는 일로 가득 차서 자못 흥분된 듯 보인다.

엑셀브로드영감 예일대학 수학기

▌원작 : 싱클레어 루이스

양버들은 원래 지저분한 속성을 지닌 나무다.
양털같이 흰 솜털 뭉치들이 바람에 흩날리면 집집의 잔디밭에 온통 희게 깔려 동네 사람들을 화나게 만든다. 그러나 그 나무는 거대하여 신령스럽고 사람들이 의지하는 도피처로 여긴다. 높이 퍼진 잎사귀에 햇빛이 반짝이고, 잎사귀 사이에서 우는 매미소리는 메마른 여름 오후를 아주 상쾌하게 해준다. 우뚝 솟은 산과 옐로우 스톤 강 사이의 보리밭에서 땀 흘려 일하는 농군들에게 시원한 그늘을 마련해 주기도 한다.
조렐몬에서는 크누트 엑셀 브로드를 양버들 영감이라고 부른다.
실상은, 양버들과 영감의 성질이 비슷해서가 아니라 그 영감의 높다란 하얀 집과 빨간 지붕 주변의 널다란 양버들 숲 때문에 붙여진 이름이다.

그는 집 주위길 양편에 양버들을 쭈욱 심었고, 그래서 마차꾼들이 마차를 몰고 그 숲길을 지날 때는 마치 군주가 자기 영토를 지나는 기분을 내게 만들었다. 이 65세의 크누트는 그의 양버들 나무의 하나와 같이 그의 다리를 흙에 깊이 뿌리박고, 몸통은 비바람과 팔월 정오의 작열하는 땡볕을 견뎌냈고, 그의 머리는 낮에는 널다란 지평선과 밤에는 대초원과 같은 드넓은 하늘을 향해 있었다.

그는 원래 이민자지만, 말씨까지도 미국인이 되어갔다. J와 W자 발음의 약점을 빼고는 비음의 양키 본토 영어를 말할 수 있게 되었다. 본고향인 스칸디나비아에서, 늘 미국을 광명의 나라라고 동경해 왔기 때문에 더욱더 미국인이 되어갔던 것이다. 환상과 권태 속에서, 그는 항상 미국을 정의롭고, 넓고 반듯한 타운들이 많으며 열정적으로 토론하는 아름다움만을 추구하는 젊은이의 정신을 가진 나라라고 여겼다.

어렸을 때 크누트는 유명한 학자가 되기를 원했었다. 그래서 외국어들에 능통하고, 역사에 숙친하고 지혜로운 책 속의 아름다움에 빠지기를 원했었다. 그가 처음 미국에 왔을 때, 한 제재소에서 하루종일 일을 하고 매일 저녁에는 공부를 했다. 그는 두 학기 동안 지방의 교사로서도 일했다. 당시 18살이 되어 너무도 연약한 레나 웨스리우스를 만나 애처로운 마음으로 결혼을 하였다.

그리고 새 농토를 찾아 대초원으로 마차를 몰았다. 그러나 곧바로 가난과 가족이라는 사슬에 묶였다. 이때부터 58세가 될 때까지 40년간 자식들 병치레와 저당 잡힌 농장을 되찾아 내는데 온세월을 다 보냈다. 나는 성공 못해도, 자식들만 잘되면 그만이라고 생각하고, 그것을 낙으로 삼았다. 그는 틈틈이 책을 읽었는데, 두툼한 역사학이나 경제학 책과 같은 재미도 없는 책들이었으나 그걸 또 하나의 낙으로 삼았다. 미지의 도시나 학문을 동경하면서도 그의 농장을 떠나지는 못했다. 그는 채무를 벗어나, 적지않은 규모의 비옥한 농토와 아주 좋은 목축장을 구입했다. 이 농장은 시멘트로 된 헛간, 양계장, 그리고 풍차 방앗간을 갖췄다. 이렇게 생활이 안정되고 안락하게 되자, 할것은 다 해서 이제는 죽어도 될 것만 같았다.

양버들 영감의 나이 63세, 쓸모없고 외로운 신세가 되고 말았다. 아내는 벌써 죽었다. 아들들은 멀리 흩어져 살았다. 한 아들은 파고라는 곳에서 치과의사를 하고 있고 다른 아들은 골든밸리라는 곳에서 농사를 짓고 있다. 양버들 영감은 그의 농장을 딸과 사위에게 넘겨주었다. 딸 내외는 자기들과 아버지가 같이 살기를 원했으나, 단호히 거절해 버렸다.

"아니다. 너희들도 자립하는 걸 배워야 한다. 농장을 그냥 주는 것이 아니다. 1년에 4백 달러씩 내라. 난 그걸 갖고 생활하면서 나의 언덕에서 너희들을 살피면서 살겠다."

양버들 영감은 그의 농장에서 제일 좋아하는 땅인 양버들 옆 언덕에 조그마한 오두막집을 짓고, 거기서 손수 지어먹고 살았다. 가끔 양지에 나가 앉아서 여러 시간 책을 보았다. 조렐몬 도서관에서 빌려온 책들이다. 이제는 한평생 짊어졌던 멍에에서 벗어나 홀가분한 기분이 되었다. 그는 오두막집 앞에 등받이 없는 의자에 여러 시간 앉아 있기를 좋아했다. 어깨가 넓고, 흰 수염이 난 한 노인이 깊은 상념에 잠겨 헐렁헐렁한 바지에 깃 없는 셔츠를 입은 매우 기괴한 모습이었다. 양버들 노인은 그루터기만 남아 앉아 있는 것이다. 넓은 밭 저 멀리 잭 래

빛 포크스교회의 첨탑을 바라보며 그의 인생을 곰곰이 생각해보았다.

처음에는 몸에 밴 습관을 깨뜨릴 수가 없었다. 새벽 5시에 일어나서 집안을 청소하고 정원을 가꾸고 하다가 정각 12시에는 점심을 먹고 해가 지면 잠을 잤다. 그러나 이런 규칙적인 생활을 안 해도 그를 나무랄 사람은 아무도 없다는 사실을 차차 알게 되었다.

양버들 영감은 아침 7시 아니, 8시까지도 잠자리에서 일어나지 않아도 되었다. 그는 크고 순한 얼룩 고양이 한 마리를 구해다가 친구로 삼았다. 식탁에서 우유도 핥아 먹게 했다. 그는 그 고양이를 '공주'라고 불렀다. 사람이 지나치도록 일을 많이 하는 것은 미련한 짓이 아니겠냐고 그 고양이한테 털어놓기도 했다. 음식 자국이 있는 신문지 몇 장을 덮어씌운 송판 식탁과 구깃구깃한 침대보의 침대뿐인 오두막집에서 커다란 몸집의 셔츠 하나만 걸치고 사는 이 노인에게는 청춘의 열정적인 포부와 예전의 아름다움에 대한 아련한 추억이 있을 뿐이었다.

그는 밤이 되면 오래도록 산책을 하기 시작했다. 여태까지의 궁색한 생활에서는 밤이라면 그저 답답한 방안에서 잠만 자는 시간이었지만 이제 그는 어두운 밤의 신비를 처음으로 알게 되었다. 양버들 영감은 달빛 아래 멀리 뻗어있는 대초원을 보았고, 풀과 양버들 나무들과 조는 듯하는 새들의 소리를 들었다. 구두가 이슬에 젖어 축축해도 그는 아랑곳하지 않았다. 그는 언덕 꼭대기에 올라 두 팔을 크게 벌리고 잠든 그 대지에 경의를 표했다. 이러한 매일 밤의 산책을 영감은 남들에게 들키지 않으려고 했으나, 비밀이 탄로 나고 말았다. 이웃 사람들이 읍에 나갔다가 술에 취해 밤늦게 마차로 돌아오다가 크누트를 본 것이었다. 그들에게는 밤에 혼자 들판을 거니는 크누트가 암만해도 이상했다.

"양버들 영감이 사위한테 농장을 넘겨주고 은퇴하더니 그만 머리가 돌은 모양이다. 오밤중에 그 영감이 잠도 안자고 들판을 쏘다니는 걸 보면."

이런 소문이 쫙 퍼졌다.

롯센터에서 세링거페이팀에 이르는 시골 일대의 마을사람들은 자기네 일상사에서 조금이라도 벗어나는 사람은 나무라기 일쑤다. 또 누가 조금이라도 이상한 짓을 하면 병적으로 지나친 관심을 가지고 살펴본다. 온 마을 사람들이 크누트의 거동을 살피기 시작했다. 양버들 영감에게 이것저것 물어보거나 길에서 영감의 오두막집을 노상 살폈다. 영감이 그 눈치를 챘고, 이것저것 묻는 말엔 귀도 기울이지 않았다. 그의 장대한 인생 행로는 이런 연유에서 시작되었다. 영감의 새 생활은 여러 가지로 거칠고 방자해졌다.

고양이 공주에게 고함을 질러 놀라게 한 적도 있다.

"오늘 밤엔 이를 닦지 않겠다. 난 평생 매일 이를 닦았는데 이제 한 번쯤은 안 닦고 싶단 말이다."

크누트의 책 읽는 태도에도 변화가 왔다. 무거운 내용의 책에서 가벼운 책으로 전환했다. 이를테면 읽고 있던 멕시코의 정복사를 내던지고 조렐몬 도서관에서 빌려온 가벼운 소설책들을 읽기 시작한 것이다.

또한 평생 해보지 못했던 춤과 술의 세계를 재발견했다. 물론, 예전처럼 경제학, 역사학 등의 서적도 읽긴 했지만, 그는 매일 밤 물소뿔의 자에 길게 누워 무릎에 공주를 안고 헤다성 공략의 이야기, 트릴비의 연애 이야기를 즐겨 읽었다. 그런 소설류의 독서에서 크누트 영감은 우연히 예일대학 생활을 화려하게 그려낸 실화 소설을 한 권 읽게 되었다.

어떤 훌륭한 청년이 예일대학에서 고학을하며 최우등상을 타고 학교 담장에 걸터앉아 아주 재미나고 유익한 이야기를 친구들과 나누는 내용이었다. 이 책을 새벽 3시까지 읽고 나서, 64세의 평생을 두고 한번 다녀 봤으면 했던 대학을 한번 가보자. 왜 안 될까? 그러나 아침에 깨어나서 생각해보니 아까 잠들기 전까지와는 달리 자신이 없어졌다. 나이 먹은 늙은이가 생기발랄한 젊은이들 틈에 끼어드는 것은 빛 자작나무 틈에 지저분한 양버들 나무가 낀 꼴이라는 생각이 들었다.

여러 달을 두고 이 문제와 씨름을 했지만 대학을 성지라고만 여겼던 그에게 순례의 길을 떠나 볼 생각을 버릴 수가 없었다. 그는 대학생들은 부잣집 게으름뱅이들 말고는 모두가 학구욕에 불타는 줄로만 믿었다. 하버드, 예일, 프린스턴 대학은 대리석 전당이 들어찬 유서 깊은 숲이고, 고대 그리스의 청년처럼 점잖은 젊은이들이 모여 천문학, 정치학을 논하는 곳으로 그리고 있었다. 또 그곳 학생들은 강의는 절대 빼먹지 않고, 여신같이 착하기만 한 것으로 머릿속에 그리고 있었다.

음악과 책과 오묘한 미의 세계를 가장 야심 찬 소년 못지않게 동경하는 이 나이 많은 초원의 농사꾼은 오묘한 미의 세계에 뛰어들기로 작정했다. 나이를 먹어간다는, 어떤 힘으로도 정복할 수 없는 현실도 무시하기로 했다. 크누트 영감은 대학 요람과 교과서를 주문해 놓고 열심히 대학 입학 준비를 했다. 라틴어의 불규칙동사와 까다로운 대수가 무척이나 힘들었다. 이런 것들은 이제까지 그가 살아온 삶과는 전혀 별개의 세상이었다. 그러나 그는 그것들을 잘 극복해 나갔다.

그는 하루에 12시간씩 공부했다. 한때, 그는 밭에서 하루 18시간 동안 부지런히 일했던 적도 있으니까 그보다는 적은 시간을 공부에 쓴 셈이다. 역사와 영문학은 비교적 덜 고생했다. 그가 즐겼던 평소의 독서에서 이미 많은 것을 알았기 때문이었다. 전에 이웃 독일 사람한테 얻은 지식도 있었기 때문에 독일어도 수월했다. 45년 전의 교사 경험은, 공부의 비결도 되찾게 해주었다. 이제는 정말 충분히 해낼 수 있다고 믿기 시작했다. 그는 대학에서는 훌륭하고 인정많은 교수들이 그를 도와주기 때문에 이렇게 당황스럽고 힘든 과업도 해결할 수 있을 거라고 확신했다. 그러나 지금 하고있는 공부내용은 모두 현실과는 동떨어진 것이다. 그래서 곧 그에게 환멸을 안겨 주었고 결국 그는 새로운 게임에 싫증을 느꼈다. 그럼에도 계속 버틸 수 있었던 것은 그 지겨운 농사일도 견뎌왔던 그였기에 가능할 수 있었던것이다. 그의 상도를 벗어난 생활이 2년째 가을로 접어들자 그는 결국 대학에 가기를 포기하려고 했다.

  그 무렵, 조렐몬 길가에서 조그마한 식품점 주인이 양 버들 영감을 불러 세우고 그의 공부에 대해서 비아냥거렸다. 호텔 코너에서 항상 빈둥빈둥 놀며 세월을 보내는 한량들도 그 광경을 즐기고 있었다. 크누트 영감은 대꾸도 안했지만 화가 무지하게 났다. 언젠가 농장의 일꾼에게 손을 댔다가 어깨뼈를 부러뜨린 일이 기억나서 그는 간신히 화를 참았다. 그는 아무 말 없이 그대로 돌아서 집으로 향했다. 7마일 길을 가면서도 속은 부글부글 끓었다. 양 버들 영감은 공주를 잡아서 그의 어깨 위에 올려놓고 저녁노을을 보려고 밖으로 나왔다. 그는 무성한 갈대숲 가에서 멈춰 서서 물끄러미 새 떼를 바라보다가 그의 턱수염을 당기면서 별안간 소리쳤다.

  "대학엘 가야겠다. 내주부터 시작이다. 시험에 합격하고 말테다."

  이틀 후 양버들 영감은 공주와 가구들을 딸네 집에 옮겨놓고, 챙이 늘어진 모자, 셀루로이드 칼라 셔츠, 검은 양복 한 벌을 샀다. 별이 반짝이는 온밤을 열심히 기도한 후에 드디어 미네아 폴리스행 열차를 타고 뉴헤이븐으로 떠났다. 차창 밖을 바라보면서, 이제는 대학에 들어가서 부잣집 녀석들이 놀려대고, 골탕을 먹일지라도 견뎌야겠다고 다짐했다. 이런 녀석들을 될 수 있는 대로 피하고 고학하는 학생들만 사귀리라 다짐했다. 시카고에서는 번갯불처럼 빨리 지나다니는 군중들과 자동차 홍수에 겁이 나기도 했다. 기도를 드리고, 막 뛰어가 뉴욕행 기차를 타고 마침내 뉴헤이븐에 도착했다. 노골적인 무례는 아니었지만 짓궂은 눈빛으로 예일대학 직원은 그를 맞이해서 시험을 치르게 했다. 힘들여 답안지를 채우고 겨우겨우 합격했다.

기숙사에 방을 배정받고 룸메이트를 만났다. 넓은 이마와 단정치 못한 얼굴의 소유자는 레이 그리불 이었고 뉴잉글랜드에서 교사를 했던 사람이었다. 봉급을 더 많이 받는 교사가 되기 위해서 대학에 온 것 같았다. 레이 그리불은 아주 부지런했다. 철강회사 사장의 우둔한 아들의 가정교사로 일하면서 학교 식당 일도 했다. 그가 크누트영감의 주된 친구였다. 그러나 이 친구는 노인네의 기를 죽이는 바람에 영 사이가 좋아지지를 않았다. 레이는 교사의 경험으로 크누트영감이 감추고 있는 동기와 욕망이 우아한 문학에 있음을 마침내 발견해냈다.

레이는 충격을 받고,

"당신같이 나이 든 이에게는 그와 같은 변두리 지식보다는 당신의 영혼을 구하는 보다 핵심적인 공부가 더 나을 겁니다. 그런 공부는 예술가들이나 외국인들이나 하라 그리고, 당신은 그저 라틴어, 대수 그리고 성경이나 공부하는 것이 맞을 겁니다. 나의 경험으로 그렇게 하는 것이 제일이라는 것을 압니다."

찢어진 깃털 이불, 냄새나는 램프, 그리고 사전들과 대수표 등이 널브러져 있는 테이블이 놓여있는 형편없는 방에서 레이 그리불과 크누트 영감은 함께 살았다. 둘이는 난롯가에서 한가하게 빈둥거릴 틈이 없었다. 그들이 든 기숙사는 신학, 법학과의 저학년 학생들과 학과 미배정의 신입생들 그리고 졸업 못한 4학년 학생들이 들어있는 신학서관이었다. 레이 그리불의 친구들에 대해서 크누트 영감은 환멸을 느끼기 시작했다. 그가 겸손하게 그들에게 접근해 봤지만, 아무런 고무감이나 우정도 생기지 않았다.

아무튼 크누트 영감은 학급의 괴짜가 되어 있었다. 학급 친구들은 그와 같이 지내면 같이 괴짜로 보일까봐 겁을 내었다. 크누트 영감은 아직은 돼지고기 한통쯤은 들어 올릴 수 있을 만큼 힘은 세서, 운동선수들과 친해 보려고 했다. 예일 운동장에서 축구 경기도 보면서 후보 선수들과 사귀려 해보았다. 그러한 그를 건강한 젊은이들은 상대도 해주지 않았다. 그저 이상한 노인이라고만 여겨 크누트는 몹시 실망했다. 그는 겁이 나서 자기 방을 나서지도 못했다.

그는 괴짜였고, 흰머리의 거인 영감이 그 좁은 좌석에 끼어 앉아 아들보다 더 젊은 교수의 강의를 듣고 있는 모습은 괴짜가 아닐 수 없었다. 아무도 없는 줄 알고 한번은 여느 젊은이들처럼 담장에 걸터앉아 보려고 했다. 날쌔게 걸터앉아 보려고 했을 때 두 상급생이 그 모습을 조롱해대서 슬그머니 그 자리를 떠나고 만 일도 있었다.

그는 레이 그리불도 싫어졌고 말 많은 그의 친구들도 싫어졌다. 학비를 벌어 쓰는 가난한 집 자식들이 난롯가에서 잡담이나 하는 부잣집 자식들보다 더 강하고 더 용감하다는 대학마다의 전통은 다 헛말이었다. 아르바이트하는 놈이나 축구를 하는 놈이나 부잣집 놈들이나 다 그놈들이 그놈들이었다. 물론 학비를 벌어 쓰는 녀석들 중에는 유쾌하고 담대한 친구들도 많았지만 말이다. 부잣집 자식들에게도 아첨하지 않고 당당한 친구들도 많았다. 그러나 위선자들이 더 많았다. 타이크 홀 기도회에서는 가장 독실한 체하거나 신앙심이 깊은 척하며 맥주는 1잔에 그쳤다. 그러나 같은 패끼리 만나면 자기 지도 학생들이 아주 건방지다거나, 못돼먹은 것들이 많다고 불평들이 대단했다. 그러나 그렇다고 해서 별 뾰족한 수를 찾는 분별력이 있는 것도아니었다. 진정한 반항정신은 더더욱 결여 되어있었다.

크누트 영감에게는 추수 때 그의 농장 헛간 뒤에서 젊은 일꾼들이 영감 몰래 불평하는 소리처럼 들리기만 했다. 이러한 부류들이 부잣집 자식들보다 더 미워졌다. 이들은 길버트 워시번을 그의 출신보다는 신입생으로서는 지나치게 고급취미를 가졌다고 미워했다. 전 같으면 워시번 같은 학생과 사귀기를 좋아했을 크누트 영감이었지만 하도 그들이 성실과 근면을 지껄이는 바람에 그와 같은 생각을 한 것에 대해서 자괴감이 들기도 했다. 크누트 영감이 전에 알았던 대학은 이미 신비스러운 데가 아니었다. 그가 살았던 졸레몬이나 예일캠퍼스와 하버드까지도 거기가 거기였다. 대학 건물들은 영감이 우러러봤던 학문의 전당은 아니었다. 그저 벽돌이나 돌로 쌓은 구조물에 지나지 않았다.

젊은 애들이 창가에 몰려 앉아 자기 같은 영감 대학생이 몰래 빨리 지나가려는 모습을 장난스럽게 내려다보는 그런 곳이었다. 학생 식당인 가간턴 홀에서 하루 세끼 밥 먹는 것이 이제는 무서워졌다. 한 테이블에서 두 녀석과 합석해서 밥을 먹고 있는데 크누트 영감의 턱수염을 이상스럽게 보고들 있었다.

한 녀석의 이름은 애치슨이라 하는데 부지런하고 공부도 잘하고 예의도 발랐다. 이 녀석은 크누트 영감이 뚜렷한 목표도 없이 대학에 온 것을 비웃었다. 또 한 녀석은 플레이보이였는데 장난을 잘 치고 재치

있는 농담을 잘하는 친구였다. 이 친구가 식사 때마다 크누트 영감의 턱수염을 화제로 삼아 사람들을 웃겼다. 이 명문가의 두녀석들 때문에 크누트 영감은 부득이 이들이 없는 블랙캣에서 식사를 하지 않을 수 없었다. 마음을 줄 친구가 없었기 때문에 많은 과제를 혼자 해 내는 것은 고역이었다. 고향의 오두막집에서 한 주일간 즐겁게 읽던 독서가 이제는 하루의 과제로 던져졌다. 그러나 자기처럼 마음이 젊은 친구 한명 만 있어도 그 고통쯤은 견딜 수 있을 것이었다. 모두들 애늙은이 들 뿐이었다. 학생들은 돈, 경기기록에 너무 몰두하는가 하면, 교수들은 일생을 두고 채점표 성적기입에만 신경을 쓰고 있는 꼴들이다.

이렇게 비탄에 잠겨 힘들게 지내고 있을 때, 크누트 영감은 젊은 친구 하나를 만났다. 그 대학에서 학생들에게 우상이 되어 있는 영문학 교수가 그의 강의 중에, 학과 공부에만 열중하는 학생들을 나무라면서 원더랜드의 앨리스를 읽어보라고 권했다는 소문을 들었다. 그 즉시, 크누트 영감은 헌책방을 뒤져 그 책을 사들고 방에 돌아와 점심으로 핫도그 샌드위치를 먹으면서 읽기 시작했다. 너무 황당한 얘기들도 있었지만, 점차 빠져들어 낄낄거리고 읽고 있는데 레이 그리불이 방에 들어오다가 그러한 그를 보았다.

"흥"

하고 그를 비웃었다. 크누트 영감은

"아주 훌륭하고 재밌는 책이야."

하고 대꾸했다.

"흥, 원더랜드의 앨리스, 나도 그 책에 대해서 들었어요. 하찮은 오락물이라던데요."

"어째서 셰익스피어나 실낙원(Paradise Lost)같은 정말 훌륭한 작품을 읽지 않는지요?"

"글쎄."

크누트영감은 할 말을 잊었다. 레이 그리불의 눈초리에 눌려 더 이상 책을 볼 수 없었다. 과연 밀턴의 과도한 인류학적 오해나 편견을 담은 작품을 읽어야만 하는가 하는 회의가 생겼다. 불쾌한 기분으로 방을 나와, 볼테 빈스 교수의 역사학 강의를 들으러 갔다. 크누트 영감은 그 교수의 숭배자였다. 뚱뚱하고 안경을 낀 그 교수는 너무도 완벽했다. 그러나 학생들에게 인기가 없었다.

불테 빈스 교수가 강의하는 동안 어떤 학생들은 신문을 읽고 있었고 다른 측은 몰래 서로 발길질 장난도 쳤다. 말쑥한 회벽의 강의실에서, 의자에 기대앉아 크누트 영감은 더미스토클스의 재혼 날짜가 저 무식한 푸루타리가 지적한 날짜보다 정확히 2년하고도 7일이 더 늦었다는 사실을 증명하는 그의 강의를 한마디도 빠트리지 않고 열심히 들었다. 딱딱하고 무의미하지 않은 사실들을 능숙하게 해석해나가는 그의 강의에 크누트는 늘상 감탄하고 마는 것이다. 바로 뒤에서 장난꾸러기 학생들이 포커게임을 하는 것을 크누트 영감은 알았다.

"두 장 더, 두 점 올려"

속삭이는 소리가 초원에서 단련된 그의 귀에 들려왔기 때문이다.

크누트 영감은 고개를 돌리고 이들 수업 방해꾼들을 쩨려보았다. 그가 돌아앉자 그 방해자들이 낄낄거리더니 포커를 계속하고 있었다. 불테 빈스 교수가 참 딱했다. 이 소년같은 불테 빈스 교수를 위해 뭔가 해야겠다고 생각했다. 수업이 끝났을 때, 다른 학생들이 밖으로 다 나갈 때까지 교탁을 빙빙 돌았다. 학생들이 다 나가자 그는 큰 소리로 이렇게 말했다.

"교수님, 당신은 참 훌륭하십니다. 말썽꾸러기 학생들이 수업을 방해하면 그때 나를 부르세요. 그놈들 내가 한 대 쥐어 박을 테니까요."

불테 빈스 교수는 불쾌해 하면서, 그러나 정중한 태도로 이렇게 답했다.

"대단히 고맙소, 엑셀브로드. 그러나 그럴 필요는 없소. 나도 충분히 그들을 이성적으로 잘 지도할 수 있기 때문이오. 자 그만 가보시오. 아 잠깐, 나도 당신에게 말할 게 좀 있소. 수업 중 내 질문에 답할 때 과시 좀 하지 마시오. 쓸데없이 길게 답하고, 싱글거리는 모든 것이 싫소. 당신이 나를 그렇게 우스꽝스럽게 보는 것은 개인적으로는 괜찮겠지만, 수업에는 꼭 필요한 규약이 있소. 알겠소? 수업의 규약이 있다는 것을."

"아니, 교수님!"

크누트 영감은 울부짖었다.

"싱글거릴 리가 있나요. 내가 그렇게 웃는 것을 몰랐습니다. 만약 그랬었다면 아마도 우둔한 내가 훌륭한 수업을 받게 되어 기뻐서 그랬는지는 모르겠습니다."

"그래요. 대단히 고맙군요. 그렇지만 좀 더 조심해줬으면 좋겠어요."

불테 빈스 교수는 차갑게 웃음 짓고는 대학원 클럽으로 가버렸다. 아마도 그곳에서 늙은 크누트에 대해서 재담을 늘어놓을 것이리라. 불운한 크누트 영감이 텅 빈 교실에 처량하게 혼자 남아 앉아 있었다. 따스한 늦여름 햇살이 창문으로 흘러들고 밖에서는 젊은 애들이 맑고 건강하게 떠드는 소리가 들렸다. 그러나 평소 그렇게 가을을 좋아했던 그는 옷소매만 만지작거리면서 칠판만 멍하니 바라보고 있었다. 그가 두고 온 먼 고향의 오두막집 10월의 풍경이 눈에 가물거렸다. 대학의 모든 이들이 크누트영감 자신을 지켜보면서 은밀히 비아냥거린다고 생각하니 아찔한 기분이고 창피스럽다가 불끈 화가 나기도 했다. 고향 오두막집에 고양이와 황소 뿔 의자며 햇볕 드는 현관문, 너무도 익숙해져 있는 그의 밭들이 모두 그리워졌다. 대학에 온 지 이제 겨우 한 달밖에 안돼서이다. 그는 교실을 나가기 전에 교탁 뒤에 서서 교수인 양 교실을 유심히 바라보았다.

"내가 좀 더 일찍 이곳에 왔더라면 교수가 되서 이렇게 교탁에 섰을지도 모르지."

이렇게 혼자 중얼거렸다. 온거리를 물결치는 가을 황금 햇빛이 그를 진정시켰다. 그는 걷기 시작했다. 휘트니가를 지나 이스트독 언덕을 향해서 걸어갔다. 가파른 바위 꼭대기를 비쳐드는 햇빛의 정다움을 만끽했다. 살랑거리는 나뭇잎 소리는 마치 음악 소리와 같았다. 옛 뉴잉글랜드의 이야기를 잉태한 듯한 맑은 공기를 그는 힘차게 들이마셨다. 그는 즐거웠다.

"내가 시를 지을 줄 안다면 이럴 때 시를 쓸 수 있겠지."

그는 이스트독 꼭대기에 이르렀다. 그곳에서 옥스포드대학의 첨탑들 같은 예일대학의 건물들이 보였다. 롱아일랜드 해협과 바다 뒷 편의 달걀 흰자위 같은 롱아일랜드도 볼 수 있었다. 양버들 촌의 크누트 엑셀 브로드가 대서양의 해협 건너편 뉴욕주를 바라보고 있다니 참 놀라운 일이 아닐 수 없었다.

이스트독 언덕가의 벤치에 한 신입생이 앉아 있는 것이 보였다. 크누트영감은 그를 알아보자마자 화가 치밀었다. 그 신입생은 영감의 룸메이트가 속물 문학가 아류로 취급하는 길버트 워시번이었던 것이다. 룸 메이트 레이 그리불은 워시번을 가리켜

"그 자식은 우리 과의 불명예지. 자식은 뭐든 열심히 하지를 않아. 높은 점수 예배 참석 등 모든 일이 무관심하거든. 도도한 척 남들과 어울리지도 않고, 그렇다고 문인들과 교류하는 것도 아니고, 그따위 놈하고 빈둥거릴 시간은 없지."

크누트영감은 그의 접근을 눈치채지 못한 길버트를 바라보았다. 길버트의 옆모습은 아름다웠다. 크누트 영감은 그 순간 의문을 느꼈다. 너무나도 멋진 옷을 입고는 있지만 심적으로는 만족하지 못하는 놈으로 보였다.

"저런 녀석은 농장 일꾼 노릇도 해보고 건초더미에서 잠도 자보고 고생을 해봐야 정신을 차릴거야."

레이 그리불의 의식 기준으로 이렇게 혼자 중얼거렸다. 그때, 워시번은 그를 알아보고 몸을 일으켜 머뭇거리면서 그에게 다가왔다. 크누트 영감 옆에 앉으면서,

"아름다운 경치입니다."

라고 인사했다. 그의 미소는 강렬했다. 저런 미소야말로 크누트 영감이 대학에 와서 추구해온 인생 예술의 상징이었던 것이다. 크누트 영감은 이제까지 워시번에게 가졌던 도덕적 감정이 일시에 사라지고 깊게 주름살이 진 얼굴에 웃음기가 돌았다.

"그렇지, 아크로폴리스의 경치가 이곳과 같을 거야."

"저, 엑셀브로드씨, 나는 늘 당신을 생각해 왔습니다."

"뭐라고?"

"우리는 서로를 좀 더 알아야 해요! 우리 둘은 학과의 불명예로 여겨지고 있어요. 크누트씨나 저나 꿈을 찾아 이곳에 왔는데, 크누트씨의 룸메이트 레이 그리불과 애치슨같은 악동들은 우리들을 점수에 무관

심한 바보들로 안단 말입니다. 크누트씨는 동의할지 모르겠지만, 나는 우리 처지가 아주 비슷하다고 생각합니다."

"뭐? 내가 꿈을 찾아 이곳에 왔다고?"

뻣뻣이 대꾸했다.

"공공장소에서는 나는 늘 크누트씨 옆에 앉아서, 노련한 악동 애치슨이 대학에 온 이유가 뭐냐고 유도할 때마다 그 곤경을 피하는 소리를 들었거든요. 아마도 아주 오래전에 카인과 아벨시절에 에덴 농과대학에서 토론했음직한 주제들이죠. 짐작하시겠지만, 아벨은 점수벌레고, 카인은 시를 읽고 싶어 했고요."

"그렇지. 그럴 때, 아담교수는 카인아, 시는 읽지 말거라. 시는 대수에 도움이 안되느니라 했을 테지."

"물론이지요. 그런데, 작년에 외국에 나갔다가 사 온 이 뮈세시집을 오늘 가지고 나왔는데 보시지 않겠어요?"

길버트 워시번은 주머니에서 얄팍하고 조그마한 책 한 권을 꺼냈다. 가죽 제본의 아름다운 시집을 받아들고 농사꾼 출신 크누트영감은 환희에 찼다. 죽 들쳐보고 나서,

"난 읽을 수가 없네. 그러나 이런 책이 있을 줄은 생각은 했지."

크누트 영감은 한숨을 지었다.

"내가 조금 읽어 보죠. 이건 불어시예요."

길버트는 큰 소리로 읽기 시작했다. 크누트 영감이 65세 평생 알지 못했던 음악같은 외국시구가 그를 만족케 했다.

"아! 멋있는 시구나."

"이봐요."

길버트는 큰 소리로 그를 불렀다.

"오늘밤 하트포트에서 이사예가 공연되는데 같이 갈래요? 시간이 좀 걸리지만 전차를 탈겁니다."

크누트 영감은 이사예가 무엇인지 개념이 안 섰지만

"물론 가보지."

하며 들떠서 대답했다.

하트포트에 가서 둘이 가진 돈을 합쳐보니 저녁값, 그리고 둘의 입장료와 메리든까지 돌아올 차비가 겨우 되었다.

"이곳에서 헤이븐까지는 걸어갑시다. 걸을 수 있겠죠."

메리든까지 와서 길버트는 그렇게 제안했다. 크누트 영감은 이곳에서 캠퍼스까지가 4마일이 될지 40마일이 될지 아무것도 모르지만

"물론이지."

라고 답했다. 요즘 수 개월동안 몸이 좋지 않았지만 오늘밤 만큼은 날듯이 가쁜 했다. 이사예라는 뮤지컬을 생전 처음 보았다. 그가 읽은 윌리암 모리스의 작품이나 왕의 전원지에 나오는 장면만큼이나 놀라운 것이었다. 그가 본 것들은 키 큰 기사들, 금실의 흰옷을 입은 날씬한 공주들, 버림받은 도시의 안개낀 성문들, 중세 기사들의 영광 등 이었다. 둘이는 10월의 달빛 아래를 걸어가면서 사과서리도 하고 달빛이 진 은색 경치에 감탄도 했다. 길버트가 주로 얘기하고, 크누트는 듣기만 했지만, 나중에는 크누트영감도 빠져들어 개척시대 이야기, 농촌에서의 추수, 눈보라치던 이야기, 물결치듯 하는 파란 밀밭 이야기를 했다. 둘이는 애치슨이나 그리불의 욕도 했다. 그들은 그야말로 방랑하는 음유시인들이었다. 새벽 5시가 되어서야 그들은 캠퍼스에 도착했다. 크누트는 지금의 감정을 표현할 길이 없어 더듬거리기까지 했다.

"오늘 참 좋았소. 잠자면서 오늘 꿈을 꾸고 싶소."

"자다니요. 한창 신나는 파티를 그만 두다니요. 이런 파티는 좀처럼 없어요. 이제 겨우 땅거미가 진 때인걸요. 더구나 배도 고프고요. 그리고 잠깐 여기서 기다리세요. 방에 가서 돈 좀 가져오겠습니다. 뭘 좀 먹으러 갑시다. 기다려요. 그럼!"

크누트는 온 밤을 기다릴 수 있었다. 65세에 1500마일 길의 여행을 해와 레이 그리불을 견뎌냈고 이제야 길버트 워시번을 만난 것이 아닌가!

세루로이드 깃 양복의 노인과 값비싼 차림의 청년이 팔짱을 끼고 이들 시인들에게 맞는 식당을 찾으려 롸펠거리를 왔다갔다 하는 모양을 순경들이 이상하게 쳐다들 보고 있었다. 식당들은 모두 닫혀 있었다.

"흑인거리는 지금쯤 깨어 있을 거야."

거기 가서 먹을 걸 사가지고 내 방에 가서 먹읍시다. 길버트가 말했다. 크누트 영감은 길버트와 어깨를 나란히 하여 밤거리를 걸었다.

낮은 가게와 희미한 등불의 좁은 골목길을 따라 오크거리까지 내려오니, 빈민가인 그곳은 벌써 깨어들 있었다. 길버트는 포장된 비스켓, 크림치즈, 닭고기 빵 그리고 크림 한 병을 샀다. 길버트가 흥정하고 있는 동안 크누트는 흔들리는 우유빛 가스등이 밝아오는 여명의 거리를 꿈꾸는 듯 바라보았다. 또 식품점 간판과 러시아 글 광고판과 숄을 걸친 여인들, 그리고 턱수염이 긴 유태교 랍비들을 보고 있는 크누트는 결코 잃을 수 없는 만족을 누리는 듯이 보였다.

그는 오늘 밤 해외여행을 하는 셈이다. 길버트 워시번의 방에는 모두가 실용적이지는 못하나 재미있는 물건들이 많았다. 대학 신입생의 신분으로는 과분한 길버트의 파리기념품들이 많았다. 벽난로 장식, 페르시아 융단, 은티 셋트, 판화와 책들이 그것들이다. 촌영감 크누트는 신기하게 그것들을 둘러보았다. 길버트가 불을 지피고 작은 테이블을 펴는 동안 크누트는 안락의자에 깊숙이 앉아 감탄 소리를 내고 있었다.

저녁을 먹으면서 그들은 위대한 인물들 그리고 웅대한 이상에 대해 얘기했다. 지금 잠을 자고 있을 비슷한 놈들인 그리불과 애치슨, 그리고 불테 빈스 교수의 얘기도 나왔다. 길버트는 스티븐슨과 아나톨 프랑스의 작품을 낭독도 했고 나중에는 그가 지은 시도 낭독했다. 그 시가 좋은지 나쁜지 간에 그게 문제가 아니었다. 실제로 시를 쓰는 사람을 만났다는 것은 크누트 영감에게는 기적과 같은 일인 것이다. 이야기의 속도가 점차 늦어지고 그들은 하품이 나오기 시작했다. 한여름의 광기가 사라졌다고 느꼈을 때 크누트는 급히 일어났다. 굿바이라고 말할 때, 그는 잠깐 자고 나면 이 끝없이 낭만적인 밤이 다시 돌아 올것 같이만 느껴졌다. 그러나 기숙사를 나왔을 때는 벌써 한낮이었다. 아침 6시 30분, 아침햇살이 붉은 벽돌탑을 비치고 있었다.

"나의 진정한 친구가 하나 생겼다. 자주 그의 방에 가야겠다."

크누트는 중얼거렸다. 길버트가 가져가기를 간청한 뮈세 시집을 손에 꼭 쥐고 있었다. 서쪽 신관 쪽으로 몇 걸음 걷지 않아서 크누트는 피로를 느꼈다. 어젯밤 모험이 도저히 믿어지지 않았다. 그의 기숙사로 들어가면서 그는 큰 한숨을 쉬었다.

"노인과 젊은이가 오랫동안 한 패거리가 될 수는 없을 거다."

층계를 올라가면서 또 이렇게 중얼거렸다.

"내가 그 청년을 다시 본다면, 여태 내가 말한 것이 전부니까 아마도 나에게 싫증을 느끼겠지."

그는 방문을 열면서

"오로지 이 한 밤을 위해서 65년을 살아 온거야. 그걸 해치기 전에 떠나버려야지."

그는 길버트에게 짧은 편지를 쓰고, 가방에 짐을 꾸리기 시작했다.

공기가 탁한 방에서 잠에 곯아떨어진 그리불을 깨우지도 않았다. 그날 오후 5시 서부 행 기차에 미소를 짓고 있는 한 노인이 앉아 있었다. 그의 두 눈은 끝없는 만족감에 젖어 있었다. 그의 손은 조그만 불어 시집을 꼭 쥐고 있었다. 읽고는 싶겠지만 읽지 못할 불어 시집을.

인생의 출발

▋원작 : 루쓰 스코우

　　스위터 가족들이 일찍부터 바쁘게 움직인다. 엘머 크루세가 곧 마을에 도착하는데 그편에 큰딸 데이지를 딸려 보내야 하기 때문이다. 가족들은 엘머 크루세가 전주부터 올 것이라는 알고 있었다. 그러나 그들은 그가 마을에 도착할 때까지 아무런 준비를 하지 않고 있었다.
　　"비가 많이 와서 땅이 질편하여 다음 주에야 했었지."
　　라고 말은 했으나 언제 오건 별다른 의미는 없었다.
　　스위터 여사는 데이지가 갖고 갈 물건들을 꾸리면서 침대에 놓여 있던 중고품 망원경도 함께 넣었다. 침대를 정리할 시간조차 없었다. 데이지를 보낸 후 스위터 여사는 곧바로 우드워즈로 가서 세탁 일을 해야한다. 데이지 물건들이 검정 갈색 천위에 무질서하게 놓여 있었다. 요를 덮은 시트도 꾸겨져 있고 오랜 우기 때문에 습기가 차서 냄새마저 풍기고 있었다.

이 혼란스런 광경에 어울리듯 침실도 어수선한 모습을 보여 주었다. 재래식 건물로 침실 벽이 경사를 이루고 창문도 전형적인 정사각형 유리 창문이었다. 옷장 위에는 머리핀, 머리말이, 리본, 반 토막 난 머리빗 들이 어지럽게 놓여 있었다. 등잔도 검게 타 있어 사람의 손과 접촉한 흔적이 없어 보였으며 장롱문도 열려 있어 옷과 탈색된 구두가 어지러이 놓여 있었다. 전 가족이 이 방에서 자는데 스위터 여사와 드와이트만이 침대를 쓰고 두 딸은 창문 옆에 놓여 있는 간이침대를 사용했다.

"엄마, 이 옷에 들어갈 벨트가 어디에 있어요?"

"왜 거기에 없어? 네가 어디에 두지 않았니? 나중에 찾으면 인편으로 보내주마. 누군가 네가 있는 곳을 지나갈 거야"

스위터 여사의 말은 데이지가 떠나기 전에 서둘러 몸을 단장하고 챙기라는 뜻이었다. 그녀가 집에 돌아오면 할 일이 너무 많다. 온 종일 세탁 일에 부대끼다 보면 집에 와서도 다른 일을 할 생각이 나지 않는다. 우선 데이지를 보내는 것이 급선무다. 엘머가 도착 했을 때 그녀는 벌써 작업에 나갈 채비를 하고 있었다. 세탁 모자, 작업복 위에 입을 색이바랜 회색 코트가 그녀의 무릎 위에 얹혀 있었다.

"내복은 어떠냐? 아직 더럽지는 않을 텐데."

"더러워요, 엄마가 지난주에 세탁하지 않았잖아요."

"그대로 입고 가는 수밖에 없다. 나머지는 후에 보내줄게."

"엘머가 매주 여기에 오지 않나요?"

하고 데이지가 물었다.

"그럴지도 모르지. 매주마다 네 소지품을 받을 생각일랑 하지마라."

스위터 여사는 물건들을 망원경과 함께 가방에 꾸려 넣는다. 앞으로 어떠한 운명이 닥쳐올지 예견하지도 못한 체. 설사 시련이 온다 해도 그녀로서는 어찌할 도리가없다

"데이지, 준비 다 됐니?"

"이제 갈 채비를 다 했어요. 엄마, 리본만 하나 더 달면 돼요."

"리본은 망원경 밑에 있을 거야. 너무 치장할 필요 없어. 정식 방문하는 것이 아니니까."

데이지는 거울 앞에 서서 마지막 단장을 한다. 왜이리 못났어, 스위터 가문의 모든사람들이 다 이런 모양인가? 미간이 너무 좁아 창백한 두 눈이 멀리서 보면 서로 겹쳐 있는 듯하다, 깡마른 체격, 붉은 머리 색깔, 그러나 데이지는 자기의 모습이 추하다는 것을 알지도 못하고 있다. 그녀가 장녀이기에 얻어온 옷가지들은 그녀의 독차지였다. 그래서 골디와 드와이트는 데이지를 이 점에서 부러워했다. 그녀는 이 작은 세계에서 소중한 존재다. 그녀가 자랑하는 하늘색 코트도 동네 변호사의 딸, 앨리스 브록커가 입던 것이었다. 그것도 기장이 짧아 그녀의 앙상한 무릎뼈를 노출시키고 있다. 단추도 떨어질 것 같아 엄마가 일단 손을 본 것이다.

스위터 여사는 몹시 괴로운 듯 데이지를 바라보았다.

그동안 오고 갔던 말들, 결국 데이지가 알게 될 텐데 이것들을 어떻게 표현할 수 있을 지를 놓고 고민에 빠져 있었다. 데이지는 작은아버지가 있는 랄레이를 방문한 것을 빼고는 집을 떠나 본적이 없다. 데이지는 아마도 작은아버지 집에 간다는 느낌을 갖고있는 듯하다. 얼마가

지 않아 모든 일을 알게 되겠지. 다른 사람에게 고용되어 일한다는 것을…. 그것이 무엇을 뜻하는지 지금은 알지도 못할거야. 크루세가의 엘머와 에드나는 젊고 좋은 사람들이다. 그들 밑에서 시작하는 인생의 첫 출발은 의미가 있겠지.

데이지는 돈벌이를 시작한다는데 만족감을 갖고 있다. 이제는 번 돈으로 자기에게 필요한 물건도 살 수 있을 것이다. 다른 아이들은 선망의 대상으로 그녀를 물끄러미 바라볼 뿐이다. 다른 아이들도 물론 데이지처럼 다른 곳으로 가서 돈벌이를 할 수 있기를 바라고 있었다. 자동차가 진흙탕 물을 튀기면서 골목으로 들어오는 소리가 들려왔다.

"아, 저기에 그가 온다. 떠날 준비는 다 되었니? 골디, 내려가서 엘머에게 언니가 곧 내려간다고 말해라."

"아냐, 내가 갈테야, 내가 가서 말 할테야."

하고 드와이트가 질투어린 말로 소리친다.

"둘 다 가서 말해라."

그녀는 망원경이 가방 위로 삐져나와 보이지 않게끔 천으로 그 부분을 가리고 끈으로 묶었다.

"이제 됐다. 그대로 가지고 가거라."

그 망원경은 남편이 죽기 전에 정찰용으로 줄곧 가지고 다녀 남편의 손때가 묻어 있다. 그 후론 한 번도 사용하지 않았다. 두 개가 있었는데 하나는 고장이 나있다.

"데이지, 이젠 떠나야겠다. 손님이 기다리지 않을 거야. 오늘 갖고 가지 못하는 것들은 다음에 보내줄께."

그녀의 얼굴이 데이지에게로 향하면서 경련이 일어나고 있는 듯이 보인다. 이 순간 그녀가 할 수 있는 일이 무엇이겠는가? 오로지 데이지가 떠난다는 사실만이 그녀를 몹시 서운하게 했다. 하필이면 인생의 첫 출발을 다른 곳에서 하다니. 가서 일 잘 배우고 그들 마음에 들도록 해라. 그러면 그들이 가끔 너를 집으로 데리고 오겠지. 그것만이 나의 바람이다. 엄마의 우는 모습을 보고 두려움에 데이지의 추한 얼굴이 창백해진다. 엄마의 연약한 어깨에 조여드는 어떤 무언의 압력을 알아차렸음일까? 자신이 떠난다는 호기심으로 들떠있던 허영심에 죄책감을 느꼈는지도 모른다.

엘머의 뷰익 신형차가 진흙을 맞은 채 고르지도 못한 땅에 비스듬히 서 있다. 바퀴는 진흙으로 두껍게 덮여 있다. 어디를 가나 진흙탕, 운전하기에는 참 나쁜 날이다. 시내에서 떨어진 이 외지에는 집 몇 채만이 있어 진탕 골목길을 빠져나가면 언덕으로 연결된다. 이곳의 황량함에 비까지 와서 적막감을 더해 준다. 엘머는 차 앞자리에 앉아 있고 뒤에는 식료품 상자가 있다.

"차에 타라, 어느 자리든 좋다. 흙탕이 있어 내가 내릴 수가 없어. 바닥이 너무 질펀해."

하고 엘머가 부드럽게 말을 건넸다.

"차에서 내리지 마세요."

하고 스위터 여사가 응답한다.

"이 짐은 뒷 칸 바닥에 놓을 수 있어요."

하고 딸을 데리고 갈 사람에게 겸양을 보인다.

"오는데 도로가 좋지 않아 고생했겠군요."

"예, 그러나 농부는 도로 같은데 신경을 쓰지 않습니다."

"그렇겠군요."

엘머는 스위트여사의 얼굴에 눈물 자국을 보았다. 이곳 정황으로 보아 빨리 이곳을 벗어나야겠다는 충동을 느낀다. 엄마는 데이지를 몇 번이나 껴안은 후 갈 길을 재촉한다. 데이지는 식료품 상자 위로 올라가 삐걱대면서 겨우 자리를 잡았다.

"아무렴요. 다시 데리고 오겠습니다."

엘머는 엔진 시동을 건다. 진흙 바닥이라 엔진이 요란한 소리를 낸다. 헛바퀴를 몇 번 돌더니 재빨리 이곳을 빠져나갔다.

데이지는 자기가 살던 집을 되돌아보는 순간 황량한 느낌에 사로 잡혔다. 이 작은 집은 나즈막한 언덕에 초라하게 자리잡고 있다. 기후에 시달리다 보니 색깔도 희미해졌고, 벽에는 비가 흐른 자리가 검정 무늬를 형성하고 있다. 좁은 언덕에 자리를 잡은 집의 앞면은 침식되어 있고 병아리들이 젖은 땅에서 먹이를 찾아 배회하고 있다. 놀이 기구들, 마차, 물통들이 산만하게 흩어져 있고 뒤편에는 속옷들이 젖은 채로 걸려 있다. 앞마당은 넝쿨 숲 그대로다.

이 넝쿨 숲이 도로를 건너 시냇가 뚝까지 덮여 있다. 골디와 드와이트가 나와서 내가 떠나는 것을 응시하고 있다. 데이지는 엄마의 얼굴을 본다. 소리 없이 울은 그 얼굴에는 눈물마저 말라 버린 것 같다. 붉어진 눈동자, 약해진 이, 낡은 코트, 육중한 구두, 세탁용 모자, 그리고 일 때문에 두꺼워진 손가락 마디가 코트를 잡고 있다. 그녀가 놀던 그네가 나무에 걸려 있고 밧줄은 물에 젖어 있다. 의자도 접혀 있는 상태다.

자동차는 진흙탕을 빠져나와 젖은 도로 위를 달린다. 데이지는 남아 있는 가족들에게 요란하게 손을 흔들어대다가 문득 이곳을 떠난다는 것을 실감한다. 그들도 손을 흔들어 응답한다.

차가 진흙 비탈길을 내려가는 동안 데이지는 잔뜩 긴장하여 흔들리지 않으려고 자세를 똑바로 지탱했다. 엘머는 이러한 길에 익숙한 것 같다. 젖은 잔디밭을 지나 길로 들어서자 엘머는 속력을 늦추었다. 데이지는 여윈 그녀의 손으로 모자를 만지고 있었다.

 바로 이 밑에 있던 집도 없어졌다. 이렇게 큰 차 안에서 바라보는 시골 전경은 그녀가 전에 보았던 모습이 아님을 알게 되었다 그녀는 전에 보았던 전경을 그대로 머릿속에 간직하고 있었다.

 덩켈의 집이 이 도로변에 있다. 지금은 폐쇄된 하얀 집이다. 샷타 사이로 보이는 창문이 차갑게만 보인다. 과일나무 밑에 짚풀로 엮은 의자 하나가 보였다. 덩켈 가족은 보수적인 카톨릭 신자들이어서 멀리 떠날 사람들이 아니었다. 앞마당에 소나무 그루가 보인다. 나뭇가지는 비에 젖어 축 처져 있다. 땅은 물에 차있어 검푸른 색깔을 띠고 있고 저편으로 푸른 초원이 보인다. 무성하게 자란 푸른 잔디가 비에 젖어 차갑게 보인다. 석회질 위에 잔디가 자라 비가와도 수분을 지탱 하지못한다. 저 아래 낮은 언덕에는 나무들로 가득 차서 마치 낮은 하늘과 대면을 하고있는 듯하다.

 이제 큰 도로로 나왔다. 초원에서 시작되는 개울이 불어 그 위를 지나는 다리에서는 차가 멈칫거렸다. 밑을 바라보니 개울물이 거품을 내며 소용돌이를 치면서 흘러간다. 높이 자란 풀들이 흐르는 물에 요동을 치고 녹슨 주석 깡통이 바위틈에 끼어있다.

 데이지는 바른 자세로 앉았다. 그녀의 얄팍하고 추한 얼굴이 흥분으로 긴장되어 있다. 그녀의 눈은 모든 것을 하나도 빠트리지 않고 기록하려는 듯이 집중을하여 응시하고 있다. 물이 고여 있는 진흙탕, 매화나무 그루, 낮게 깔려있는 구름 등. 차가 요동을 쳐도 아랑곳하지 않고 데이지는 냉정을 잃지 않고 있었다.

 그녀는 승차의 쾌감을 만끽하고 있었다. 언제인가 비오는 일요일 브

루크 씨가 교회로부터 집까지 차로 데려다 준 적이 있다. 골디, 드와이트, 그리고 데이지 셋이서 뒷좌석에 비비고 앉아 돌아오면서 비가 차창을 때리는 광경, 차가 진흙을 가르며 지나가는 광경도 목격했지. 패티씨가 포드차로 일하러 갈 때 시내를 구경하러 갈 생각도 해본적이 있어. 그때 그들은 밖으로 뛰어나가

"패티씨, 시내에 갈 일이 없나요?" 하고 소리친 적도 있지. 가끔 패티씨가 퉁명하면서도 온화한 목소리로

"타라."

라고 소리치면 셋이 트럭 뒤에 뛰어 올라 타곤 했지.

데이지는 젖어 있는 들판, 그리고 거기에서 옥수수가 열을 지어 자라고 있는 것을 목격했다. 물을 퍼내는 발동기가 요란한 소리를 내고 있고 젖은 초원에는 가축들의 침울한 모습이 보인다. 초원 여기저기에 단풍이 든 나무들도 눈에 들어온다. 그녀의 좌석 밑에 망원경과 식료품 상자가 있는 것을 알고는 거기에 있는 싱싱한 파인애플에 호기심이 간다. 데이지네 집에서는 좀처럼 구경할 수 없는 것이다. 에드너가 저녁과 함께 들려고 하지 않을까 생각도 하여 본다. 그때 넌지시 먹고 싶다는 욕구를 표시해 볼 수도 있을 것이다.

차는 완전히 시골길로 들어섰다.

데이지는 초라한 자기 집을 더 이상 볼 수 없었다. 갑자기 목이메인다. 이제는 에드너 아이들과 놀아 줄 일을 생각하고 있다. 골디와 드와이트는 자기 없이도 놀 수 있겠지. 데이지는 자기가 첫째 아이 라는 데 긍지를 느낀다. 그런데 그 긍지 속에는 외로움이 있다.

데이지는 엘머와 앞좌석에 타기를 원했다. 그녀의 호기심이 발동하기 시작한 듯했다. 농장에 어떤 사람들이 살고 있는지, 아이들의 나이

는 어느 정도 인지, 엘머와 에드너부부는 토요일 저녁, 시내로 영화를 보러 가는지 등 질문을 던졌을 것이다. 엘머가 이런 차를 갖고있는 것을 보면 부자임에 틀림이 없다. 그의 농장에 새로운 집도 지었다.

데이지가 프레드 숙부 집을 방문 했을 때는 기차 편을 이용했다. 하지만 차로 가는 것이 더 좋다. 이 상태로 오래갔으면 좋겠다고 생각했다.

"얼마나 남았나요?"

하고 엘머에게 물었다.

"뭐라고 했지?"

반문하며 엘머가 몸을 돌렸다.

"아, 저기 보이는 도로 바로 밑이야. 왜, 질펀한 땅 위로 가는 것이 싫은가?"

"아녜요. 조금도 두렵지 않아요. 이렇게 차를 타고 가는 것이 얼마나 좋은지 몰라요."

데이지는 엘머의 뒤를 보았다. 테두리가 낡은 모자가 그의 머리를 볼품없이 누르고 있다. 목 뒤편의 검게 탄 피부 위로 금발머리 자락이 솟구쳐 있다. 그의 자세는 바로 앉았다가, 쉬려는 듯 자세를 낮추었다가, 몸을 운전대 앞으로 굽히는 모습이 운전의 숙달정도를 말해 주는 듯했다.

엘머와 에드너는 아직 젊은 부부다. 메치너 여사의 말에 의하면 이 부부는 출발 때부터 다른 사람들보다 많은재산을 갖고 있었다. 그리고 그들은 열심히 일했다. 이 말을 듣고 데이지도 이 가족의 일부가 되는 데 긍지를 느꼈다.

"이제 다 왔다."

"아, 이곳이 엘머 가족이 사는 곳이군요?"

그 집은 도로로부터 제법 떨어져 있었다. 도로와 집 사이에는 잔디가 막 자라기 시작한 들판이 있다. 새로 지은 집이라 하얀색과 노란색이 어우러져 밝은 빛을 보인다. 창고도 프레스코 벽돌로 지어 신선함을 보여준다. 나무가 없어 뒷편으로 돌아서자 세찬 바람이 불어와 황량함을 더해 준다. 에드너가 밖으로 나왔다. 식료품 상자를 옮기면서 엘머가 에드너를 보고 살며시 웃는다. 에드너가 약간은 놀란 표정으로 부드럽게 말한다.

"아, 데이지를 데려왔군. 데이지, 이번 여름 우리와 함께 지내게"
"그렇습니다."

하고 데이지가 대답했다. 차에서 방금 나와 찬바람을 맞고 황량한 들판에 서 있으니 갑작스레 수줍음과 외로움이 그녀를 엄습했다.

"그래, 내가 그녀를 사온거야."

하고 엘머가 나선다

"그래, 오는 길이 힘하지?"
"좀 험하기는 했지만, 왜요?"
"나도 오늘 엄마를 보러 가려고 하니까."
"아, 그렇게 나쁜 편은 아닙니다."

에드너가 엄마를 보러 간다는 말에 데이지의 귀가 곤두섰다. 혹시나 자기도 같이 차를 타게 되지 않을까 하고 기대해 본다

"데이지, 여기 스크린 문을 봐요"

하고 에드너가 문으로 오라고 머리를 흔든다. 두 여자의 브론드 색의 머리가 함께 스크린 도어 안을 들여다 본다. 안에서부터

"아빠, 아빠"

하고 부르는 소리가 들린다. 엘머가 식료품 상자를 안은 채 서서 미소를 짓는다. 일부러 놀란 표정을 지으며

"이게 누구야. 왜 아빠를 찾아? 먹을 것을 가지고 온 줄 알고? 아빠가 무엇을 가지고 온줄 아네."

엘머와 에드너가 부엌으로 들어간다. 그리고 에드너가 무엇을 잊어버렸다는 듯이 데이지를 불러들인다.

"들어와요, 데이지."

데이지는 소외당한 느낌을 지닌 채 외롭게 부엌에 서 있다. 이 집 큰 아이 빌리는 아빠 몸을 타고 미친 듯이 위로 올라가 캔디를 달라고 볶아 댄다. 작은 아이도 아장아장 걸어와 합세한다. 데이지는 마루에 깔린 청백색 리노니움의 눈부신 빛깔에 홀린 듯하다. 니켈과 에나멜이 조화롭게 칠해진 가구에도 눈이 간다. 이 모든 것을 자기 눈에 담아 두려고 하는 것 같다. 에드너는 미소를 지으며 엘머와 빌리를 함께 책망한다. 빌리는 기어코 아빠로부터 캔디를 얻어 냈다. 데이지의 날카로운 시선이 빌리가 갖고있는 레몬 드롭으로 향했다. 마치 굶주린 사람처럼. 이를 보고 에드너는

"네 캔디 하나를 데이지에게 주지 않겠니?"

빌리는 한 발자욱도 움직이지 않는다. 데이지가 가서 레몬 드롭 하나를 얻었다. 데이지는 에드너가 캔디 봉지를 찬장 안 높은 곳에 두는 것을 보았다. 곧 더 많은 캔디가 그곳에 있기를 데이지는 바라고 있었다.

"아 망원경이 차 안에 있어요."

하고 그 가족들에게 망원경을 상기시켰다.

"아, 엘머. 망원경이 차 안에 있대요. 그것을 가지고 와야 하겠네."

하고 에드너가 말한다

"뭐?"

하고 엘머가 반문한다.

"데이지의 가방인가, 무엇인가 차 안에 있대요."

"아 그래."

하고 엘머가 미소를 지으며 나가려고 한다.

"아주 오래된 망원경이에요." 하고 데이지가 부언한다.

"이 망원경이 꽤 오랫동안 사용돼 손때가 묻어 있어요. 아빠가 사용하던 것인데 거기에 매는 끈도 나가 버렸어요. 오늘 아침 엄마가 연결하려다 그마저 망쳐 놓았어요. 이 망원경은 항상 우리 집에서 우리와 함께 있었어요. 그래서 내가 가지고 왔죠. 엄마는 절대로 저에게 새로운 것을 사주지는 않을 테니까요."

에드너는 눈썹을 약간 치켜올리고 아장아장 걸어오는 어린 아들을 맞이하려는 듯 몸을 기울였다. 그리고는 헝클어진 어린아이의 머리에 자기의 볼을갖다 댄다. 아들 하나, 딸 하나, 그들이 가족의 가장 소중한 존재다. 에드너가 어린애를 껴안으며,

"엘머와 같이 나가서 물건들을 가져와요."

하고 데이지에게 말한다.

"서둘러 가방 안의 물건들을 정리하고 내려와서 내 부엌일을 도와줘야겠어, 그것 때문에 데이지가 여기에 온 것 아니야?"

데이지는 잠자코 엘머를 따라 이층 계단으로 올라간다. 이층에는 밝은 노란 색깔의 바닥에 두 개의 양탄자가 깔려있다.

"바로 여기가 데이지 방이야."

하고 엘머가 망원경을 침대 위에 놓는다. 데이지는 엘머가 퉁퉁 계단을 내려가는 소리를 듣는다. 밑에서 문이 소리를 내며 닫히자, 데이

지는 창문으로 가서 엘머가 창고 편으로 가고 있는 모습을 보았다.

데이지는 호기심에 찬 눈으로 자기의 방을 둘러본다. 바닥도 윤이 나고 있었다. 거기에는 옛날 풍의 자그마한 침대가 놓여 있다. 이것이 그녀 혼자를 위한 것이다. 이방은 전에 물탱크가 있던 곳을 침실로 개조한 방이다. 데이지는 소리를 죽이기 위하여 발끝을 세우고 살금살금 돌아다니며 서랍들을 열어 보다가 에드너가 기다리고 있음을 상기하고 망원경은 풀어 보지도 않은 채 부엌으로 내려갔다.

데이지가 내려가자 엘머가 저녁을 하러 들어 왔다. 밖에서 방금 들어와 그의 몸에서 찬 바람이 스쳤다. 레인지가 켜있으나 부엌 공기는 아직도 쌀쌀하다. 하얀 행주가 테이블 위에 있고 어린아이용의 높은 식탁 의자가 빌리의 통통한 손을 받치고 있다.

엘머를 보자 에드너가 식사준비를 서두른다. 데이지는 난로 뒤편에 서서 애기를 보살피고 있다.

"애기가 제법 말을 잘하네요. 우리 드와이트는 이 나이에 엄마 소리 이외에는 아무 말도 할 줄 몰랐는데."

에드너가 뒤를 돌아보고

"엘머가 저녁을 기다리고 있으니 빨리 서둘러야 해. 여기 와서 나를 도와줘야겠어. 빵을 썰고 식탁을 차려야지. 나를 도와줘야 해. 그것 때문에 우리 집에 온 거 아니야?"

데이지는 약간 놀란 표정으로

"빵이 어디 있는지 모르는데요."

하고 겁먹은 표정으로 말을 건넸다.

"내가 오늘 아침 빵을 어디 보관하라고 했는지 기억하지 못 하겠니? 저기 캐비넷 위 큰 상자를 찾아봐. 그리고 앞으로는 물건들이 어디 있는지 파악 해두어야 해."

에드너가 자기에게 주는 눈초리에 당황한 엘머는 일부러 태연한 척, 휘파람을 불며 손을 씻으러 싱크대로 갔다.

"그래 내 아들 오늘 잘 놀았어?"

하고 엘머가 아기의 턱을 손가락으로 찔러 본다. 에드너가 엘머 옆을 지나면서

"오늘 아침 내내 잘 놀고 있었어요."

하고 퉁명스럽게 받아친다. 알았다는 듯이 엘머는 미소를 짓는다. 두 사람의 얼굴이 무표정이다.

데이지는 이 두 사람 사이에 오고 가는 말이 무엇을 뜻하는지 알지 못했다. 그녀는 사방을 두리번거리면서 침묵을 지켰다. 그녀의 에드너에 대한 관심과 아침 내내 심상치 않았던 분위기에서부터 알 수 없는 심적 고통이 엄습했다. 처음 도착했을 때와는 다른 분위기를 느꼈다. 아마도 그녀와 아이들과의 관계가 문제의 중심인지도 모른다. 지금에서야 떠날 때 엄마가

"그곳에 가는 것이 단순한 방문이 아니다."

라고 한 말을 어렴풋이나마 이해할 수 있었다.

"치통이 또 시작하네"

하고 데이지가 말했으나 아무도 듣지 못했다.

에드너가 감자를 가지고 와 물기를 닦고 있다.

"데이지, 접시 하나 갖다주렴."

데이지가 찾는데 또 시간이 걸리자 에드너는 참지 못하고 한 방향을 손으로 가리킨다. 감자들을 식탁에 그대로 둔 채 튀는 듯했던 젊은 여자의 입이 갑자기 침묵으로 변한다. 어떤 중대한 결정을 내린 듯하다.

데이지가 방의 중간에 서서 머뭇거린다. 꽉 마르고 매력 없는 가련한 여자다. 통통한 빌리가 비틀거리며 부엌으로 나온다. 데이지가 그에게 다가가 식탁 있는 곳으로 데려온다. 아이가 울어댄다. 놀란 에드너가 돌아서서 날카로운 시선을 보낸다.

"네가 아이를 무섭게 한 거 아냐? 그렇게 하면 아이가 가지 않아. 울지마. 빌리. 그녀가 너를 해하려는 것이 아니야."

"아빠 여기 있어. 이리 와라."

하고 엘머가 아기를 번쩍 안는다. 빌리는 아빠 어깨 너머로 겁에 사로잡혀 있으면서도 분에 찬 파란 눈으로 데이지를 바라본다. 데이지는 무엇이 어떻게 되고 있는지 도무지 알 수가 없다. 그녀는 골디와 드와이트와 집에 남아있는 날이 많았다. 드와이트는 그녀가 하라는 대로 말을 잘 들었다. 거기에서는 그녀가 왕초였다.

"이것들을 식탁에 올려놓아라."

하고 냉기어린 어조로 에드너가 말한다.

모두가 함께 식탁에 둘러앉았다. 데이지는 동생들과 함께 집에 있을 때 초라하게 차려진 식탁보다는 외식하는 것이 큰 기쁨이었다. 정오가 되면 메치너 여사 집 근처를 배회하며 안으로 초대받기를 고대했었다.

"집에 가야 할 때가 됐어."

라고 말해도 우리는 그렇게 기분이 상한 적이 없었다. 식탁에 있는 감자며, 햄, 파이를 보는 순간에도 침이 올라오는 입을 굳게 다물고 있어야 했다. 하지만 메치너 여사처럼

"더 먹어라."

하는 소리는 듣지를 못했다. 파이가 더 생각이 나지만 아무도 더 들라고 말하지 않는다. 데이지는 아무 말도 없이 참고 있다. 문득 엄마의

말이 상기된다.

"다른 사람을 위하여 일한다는 것을 명심해라. 아무래도 집에 있는 것 같지는 않을게다."

저녁이 끝난 후 에드너는

"자, 접시는 네가 닦아라."

라고 말한다. 그리고 에드너는 아이들과 함께 방으로 들어갔다. 데이지가 부엌에 혼자 남아 일을 하려고 할 때 에드너가 흔들의자에 앉아 아기를 무릎에 올려놓고 흔들어 대면서 혼자 흥얼거리는 소리를 들었다. 화사한 부엌이 텅 비어 있는 것 같고 너무 쓸쓸하다. 창 너머로 창고가 비에 젖은 채로 모습을 들어냈다.

그녀는 에드너가 내일이라도 자기 엄마를 보러 갔으면 하고 바라고 있었다. 데이지는 가급적 빨리 부엌일을 끝내고 에드너가 아이들 옷 바느질하는 방으로 갔다. 데이지가 불안하게 앉아 있자니 치통이 다시 발발한다.

"이가 또 아파요." 에드너는 입으로 일하던 실을 끊었다.

"조금 전에도 이가 몹시 아파 엄마가 와줬으면 하고 바라고 있었어요."

"거 안됐구나."

하고 에드너는 예의상 대꾸해 주었을 뿐 그 외 아무런 위로의 말이 없었다. 데이지는 모포에 쌓인 채 잠에 든 아기를 보고 미소를 지었다.

"엘머씨가 혹시 내일 시내에 나갈 일이 없나요?"

"내일? 아마 갈 일이 없을 걸."

"제가 집을 떠날 때 벨트를 찾지 못하고 그냥 왔어요. 그것도 찾을 겸 시내에 가고 싶은데…."

데이지의 추한 입이 가장자리에서 밑으로 처져 있다. 그녀의 치통은 아무에게도 관심을 사지못했다. 에드너도 그녀의 아픔에 더 신경을 쓰지 않는 듯했지만 그래도 데이지는 에드너가 관심을 보여주기를 기대했다. 그러나 그녀를 괴롭히는 것은 치통이 아니라 점점 자기 몸을 엄습해 오는 외로움이다. 아마 그녀는 무거운 병에 신음 할지도 모른다. 평소와 같이 엄마가 와서 어떻게 하라고 조언해줄 리도 없다.

집을 떠날 때 엄마의 모습을 그려본다. 엄마는 울고 있었다. 그러나 엄마는 눈물을 보이지 않으려고 세탁 모를 쓴 채 미소로 돌리고 있었다. 마디가 굵어진 손으로 치마를 붙들고 있었지. 에드너는 잠시 데이지를 바라본다. 이 아이가 너무 추한 모습이라 그녀의 고독함도 동정심을 불러오지는 못했다. 에드너는 잠시 눈살을 찌푸리면서도 친절을 보이려고 한다.

"이제 빌리를 부엌으로 데리고 가서 그를 즐겁게 해 주렴."

"제가 데리고 가면 또 울어요."

"이젠 울지 않을 거야. 블럭을 갖고 함께 놀아봐."

"나와 함께 간다면요."

"이젠 갈거야. 그렇지 빌리? 데이지하고 놀지?"

빌리가 데이지를 쳐다보더니 고개를 끄덕인다. 빌리가 통통한 손을 그녀의 손 위에 올려놓자 데이지는 희열을 느낀다. 그리고 둘은 부엌으로 들어갔다. 에드너가 블럭을 가지고 와서 바닥에 풀어 놓는다.

"자, 아기를 즐겁게 해주려므나. 그래야 내가 바느질을 할 수 있지."

"우리 블럭 하자, 빌리."

빌리는 고개를 끄덕이더니 한 손으로 블럭을 쥔다. 블럭을 바닥에 한번치더니 그녀를 보고 웃는다.

"아냐. 빌리, 블럭을 흐트려버리면 안돼. 넌 블럭을 갖고 놀기에는 아직 어려. 내가 이것으로 좋은 것을 만들어 줄께."

빌리는 고개를 끄덕인다. 데이지는 리로니움 바닥에 블럭을 쌓기 시작한다. 이렇게 좋은 블럭은 한 번도 본 적이 없다. 드와이트가 갖고 놀던 블럭은 아주 오래되어 서로 짝도 맞지 않고 일부는 깨진 것도 있었다. 데이지의 동생들에 대한 지도력이 다시 빛을 발하기 시작했다. 빌리의 손이 만지려고 들어올 때마다 이를 단호히 뿌리치고 그녀는 훌륭한 작품을 만들어 냈다.

"아냐. 빌리, 그러면 안돼. 내가 멋있는 건물을 만들어 놓을 테니 보려므나."

그녀는 흩어진 블럭을 모아 어떤 것을 만들지 궁리해 본다. 집을 지을까? 아니면 교회? 이제 막 벽을 쌓아 올리는데 빌리의 손이 다시 들어 왔다. 순식간에 쌓아놓은 벽이 무너지고 블럭이 흩어졌다. 빌리는 그 광경을 보고 즐거워서 환호를한다.

"아, 빌리, 그러면 안돼. 건물을 완성하기도 전에 네가 다 망쳐 놓았어. 이제 빌리는 저 멀리 가 있어, 내가 다시 해 볼 테니."

빌리의 의기양양하던 모습이 갑자기 놀라움으로 변한다. 데이지가 안고서 멀리 데리고 가려고 하니 빌리가 완강히 반항하며 고성을 지른다. 에드너가 놀라서 불쑥 들어왔다. 데이지는 본능적으로 자기방어에 나섰다.

"빌리가 쌓아놓은 블럭을 몽땅 망가 트렸어요." 하고 말하자

"와 와"

하고 빌리가 큰 울음을 터트린다.

눈물이 그의 통통한 얼굴에 소나기가 되어 흘러내린다. 그리고는 그

의 팔을 엄마를 향해 내민다.

"제가 해꾸지 한 게 아니에요." 하고 데이지는 자기방어에 급급했다.

"그만 하면됐다." 하고 에드너가 위로의 말을 한다.

"빌리가 블럭을 갖고 놀려고 하는 것은 당연하지. 그건 자기의 것이니까. 빌리는 가만히 앉아 남이 하는 것을 보고만 있을 아이가 아니야. 자기도 같이하려고 한단다. 이제 왜 빌리가 울음을 터트렸는지 알겠지?"

"엄마, 가지마. 여기에 있어."

하고 빌리가 말하자

"그럼 엄마하고 같이 갈까?"

라고 말하곤 그를 안고 눈물을 닦아주며 자기 방으로 들어간다.

"내가 그를 울린 게 아니에요."

하고 데이지가 항변한다

"그래, 알았어. 이제 블럭을 치우고 방 청소를해라. 접시를 닦은 후 방 청소까지 해야지…."

그리고 나서 에드너는 빌리에게

"곧 아빠가 올테니 그때 멋진 드라이브를 하자."

하고 달랜다. 데이지는 블럭을 주워 담고 빗자루를 들었다.

그녀가 빌리에게 해꾸지 했나? 오히려 그녀의 블럭 쌓기를 망치려고 한 것이 바로 빌리가 아닌가? 자신의 집에 있을 땐 드와이트는 누나가 블럭 쌓기를 마칠 때까지 뒤에서 바라만 보고 있었지. 물론 데이지가 집안의 가장 큰 아이니까 이끌어 주고 보살펴주는 것이 당연했겠지만 이곳에서는 자기 말을 들어 줄 사람이 없다. 여기는 모든 면에서 다른 환경이다. 데이지는 바닥을 쓸어가며 솟구치는 눈물을 억누르고 있었다.

엘머가 뒷 현관을 통하여 부엌으로 오자 그제서야 그녀는 기분을 전환 시킬 수 있었다.

"에드너는?"

"저 안에 있어요."

하고 데이지가 대답한다.

"지금 떠나겠어? 아기는 잠들었겠지?"

하고 엘머가 퉁명스럽게 묻는다. 에드너가 그에게 경고의 눈짓을 보내고 문을 닫는다. 여기에 데이지의 신경이 곤두선다. 그리고 그들의 말에 귀를 기울인다. 그러나 그녀는 대화의 일부 만을 들을 수 있었다.

"지금 떠나기 싫어요. 떠난다 해도 하루종일 집을 비워 둘 상황이 못 돼요. 그리고 저 애는 무엇 하러 데려왔어요?"

데이지는 이것이 무엇을 뜻하는지 확신이 가지 않는다. 빗자루를 황급히 치우고 떠나야 한다면 떠날 채비를 서둘러야 하겠다고 생각한다.

엘머가 아무 말 없이 그녀 옆을 스쳐 뚜벅뚜벅 걸어 나갔다. 창문으로 내다보니 차가 후진으로 차고에서 나오고 있었다. 윗 층에서 애기가 잠에서 깨어나 울고 있다. 나갈 준비를 하는 모양이다.

엘머가 밖에서 빨리 나오라고 경적을 울린다. 잠시 후 에드너가 모자와 코트를 입고 황급히 내려오고 있다. 빌리는 닛트 모자와 빨간 스웨터에 코트를 입고 있다.

"여기 와서 애를 받아 줘요"

하고 에드너가 소리친다. 그녀는 데이지를 보지 않고

"드라이브하며 바람 좀 쐬고 올 께. 청소는 다 했지? 그렇다면 식당에 흐트러진 것들을 주워 담고 정돈해라. 오래 있지는 않을 거야. 지금

이 다섯 시 십오 분, 난로에 불을 지필 때다. 내가 오늘 한 것 봤었지? 내가 한 것과 똑같이 감자와 고기를 잘게 썰어 놓고 그리고 식탁을 차려놔."

라고 말했다. 밖에서는 경적이 또 울린다.

"우리 곧 돌아올 께. 자 빨리 가자 아빠가 재촉하시네."

데이지는 그들 뒤를 물끄러미 쳐다보고 있다. 빌리가 아빠 옆에 앉겠다고 억지를 부린다. 에드너는 아이를 엘머로부터 받아 뒷자리 자기 옆에 앉힌다. 큰 차의 뒷자석이 반 이상 비여있다. 집에선 할 일이 별로 없다. 할 일이 없는 것이 오히려 더 큰 문제가 될 수 있다. 데이지는 여기에 무엇 때문에 왔나? 그녀는 이 가족을 위해 일하는 유일한 외부인이다. 아마 영원한 외부인이 될 것이다. 밖에 나가는 것도 자기 가족끼리다. 가족 이외 누구도 데리고 가지 않는다. 차 엔진이 요란한 소리를 내며 차가 출발한다. 진흙탕을 누비며 나가다 모퉁이를 돌아서더니 모습이 사라져 갔다.

데이지는 허전한 마음으로 식당에 들어섰다. 창밖으로 비치는 전등이 비에 젖어 불빛이 희미해졌다. 식당 바닥에 아이들 옷이 여기저기 널려 있어 기어 다니다시피 해서 하나둘씩 거둬들인다. 부엌에 있는 빅 밴 시계가 요란한 소리를 내며 시간을 알린다. 갑자기 견디기 어려운 아픔이 그녀를 엄습한다. 주위엔 도와줄 사람이 아무도 없다. 집에 있을 때는 엄마가 늦게 돌아오면 애들을 나무라기도 하고 아픈 데가 있으면 걱정으로 밤을 지새며 도와줄 사람이 있다는 것이 큰 위로가 되었었지. 엄마뿐만 아니라 골디와 드와이트도 걱정을해주고 또 고통을 치유하는데도 도움을 주었었지.

그러나 지금은 그렇게도 단란했던 가정으로부터 멀리 떨어져 있다.

갑자기 이곳을 떠나고 싶은 충동이 솟구친다. 나는 이 집에 속한 사람이 아니야. 엄마는 이번 여름만 넘기라고 했는데 그때까지 내가 견딜 만할까? 그녀의 추한 입이 갑작스레 일그러지면서 울음을 터트린다.

그러나 그것은 눈물 없는 흐느낌이다. 아무도 도와줄 사람이 없다는 냉엄한 현실에 대한 두려움이 울음을 억제하고 있기 때문이다.

여덟 명의 조정 선수

■ 원작 : 해리 실베스트

　어둠이 강가를 덮어 버리자 모든 것이 검은색이다. 정박 중인 조정 선에서 나오는 불빛만이 어둠을 뚫고 있다. 38세의 알 레이든은 강가에 홀로 서 있다. 해가 허드슨강의 서쪽으로 사라지자 그의 그림자는 더욱 길어지고 조정 선의 검은 선체가 서서히 선착장으로 들어오고 있다. 조정 선이 선착장에 도착하자 무거운 침묵이 흐르고 늦은 저녁의 음산함이 조정 수들과 떨어져 있는 그를 감싼다.

　조정 수들은 킵 그랜트의 호령에 따라 배를 뭍으로 끌어 올리고 다시 머리 위로 올려 받친 후 행진을한다. 킵 그랜트도 같이 따라가지만 피로에 지친 그들을 더 이상은 괴롭히고 싶지 않았다.

"왜 이리 적막하고 외로운가?"

하고 레이든이 잠시 생각에 잠긴다. 이제 대학 2학년생, 조정수들, 그들과 얘기를 한다고 적막의 고민이 풀리지도 않겠지.

레이든이 킵의 손을 잡자 그가 돌아선다.

"연습 결과가 어떤가?"

하고 레이든이 묻는다. 어둠 속에서 조정수들의 어깨가 처지는 것을 알아차리지 못한 채 킵은 대답한다.

"아직은 잘 모르겠습니다. 그러나 그들의 자세는 그만하면 됐어요. 실제 경기에서 어떨지는 두고 봐야지요. 그들은 빨리 익혀가고 있어요."

레이든은 고개를 끄덕인다.

"우리 형제들(집안 형제들이 아니고 고락을 같이 한 조정 선수들 간의 단합체)과 그 친구들이 경주를 보러 시내에 와 있어요. 잠깐 다녀와도 될까요?"

하고 킵이 묻자

"그래 가봐야지. 그러나 나가는 것을 다른 애들이 알면 곤란 해져"

라고 말하면서도 내심으로는 '킵 그랜트에게는 이런 말을 할 필요까지는 없겠지만' 하고 레이든은 생각에 잠겼다. 보수적 가정에서 자라온 저 애들은 정신적으로 조숙한 편이었다.

킵 그랜트는 자기 방으로 가서 옷을 갈아입었다. 킵 그랜트는 레이든이 팀의 변화를 시도하면서 정장으로 영입되었다. 팀과 정장 간의 호흡이 맞지 않는 것이 문제 거리였다. 레이든은 킵 그랜트를 영입한 것이 후회스럽기도 했다.

그러나 그가 하는 것이 옳다고 레이든은 생각했다. 그 자신도 어려운 환경에서 온 사람이다. 이 대학이 부유한 애들로 구성되었다고 해도 그의 정의감은 이들의 압력과 타협을 허락하지 않았다. 그는 정도의 길을 걸어야 한다고 믿고 있었고 항상 정의라는 중압감이 그의 어깨를 짓누르고 있었다. 그는 피로한 듯 나무계단을 올라가 자기 방으로 갔다.

2년 전 대학은 지난 3연패를 한 미식 축구팀을 강화하기 위하여 장학생을 모집했다. 그들은 경쟁이 심한 입학시험도 무난히 합격한 좋은 녀석들이었다. 그러나 그들은 광산촌, 방앗간 마을, 또는 알려지지 않은 지역에서 왔다. 카우알릭, 리어리, 피바르닉, 그란스키, 리스본, 구트만 그 이름만 보아도 알만한 슬라브족들이다. 이들이 전통을 자랑하던 아이어리슈계 선수들을 물러나게 했다.

그들은 경기용 조정 선을 한 번도 본 적이 없다. 몇 아이들은 강이 대학 캠퍼스를 가로지르고 있다는 사실을 상상도 하지 못했다. 그들이 첫 학년 겨울 조정 훈련에 참가했다. 강에는 아직도 얼음이 깔려 있었다. 레이든은 그들을 보며 새로운 긍지를 느꼈으나 한편으로는 걱정도 배제할 수 없었다.

레이든은 두 명의 축구선수를 조정 경기에 투입하기로 했다. 그러나 축구 코치가 봄부터 연습시키려는 축구선수들은 조정 경기로 징발한다고 불평했다. 레이든은 그들을 축구 연습으로 돌려보냈으나 그들이 다시 돌아와 노를 젓겠다고 하자 레이든은 이를 허락했다.

"이제 조정 선수로 만드는 것은 너무 늦었어. 더구나 그들은 일학년 선수로서 푸흐키프씨에서 열리는 경기에 출전하기에는 다소 무리라는 것을 인정했다." 레이든은 그들 둘만을 별도로 노 젓는 연습을 시켰다.

레이든도 자신이 운동선수였고 코치도 해 보았다. 어느 팀이라도 홀

류한 팀으로 성장한다는 것이 결코 우연이 아니라는 것을 잘 알고 있었다. 정확한 팀워크, 선수들 간의 화합이 훌륭한 팀을 만드는 관건이다. 이러한 팀워크가 형성되면 우연이라는 행운이 찾아온다. 이것은 코치가 만드는 것이 아니다.

레이든은 이 장학생들이 위대한 팀을 만들 수 있다는 가능성을 감지했다.

그들의 능력은 아직 다듬어지지 않았으나 이미 형성된 조정팀을 이길 수 있다고 확신했다. 이 팀이 푸흐키프씨 경기에서 간발의 차로 이등을 했으나 그들에게는 저력이 있음을 믿었다. 조정 경기는 대학의 전통적 행사로서 자리매김을 해왔다. 우연이 아니라면 의도적으로라도 조정팀은 이름 있는 사람들로 구성되어 왔는데 이 전통은 깬 것이 과연 그의 판단을 거스를 수도 있을지 모른다.

봄이 되면서 킵 그랜트는 이제 3학년이 된 장학생 팀을 떠나 대학 대표선수들과 신입생으로 구성된 새로운 팀을 훈련하는 일을 시작했다. 새로운 팀 구성이라는 어려운 과제가 항상 그를 따라 다녔다. 새로운 팀은 훌륭한 팀장, 킵트, 모간, 페리이가 가세했다. 이 팀은 단거리에서 우승 한 번 하고, 다른 두 경기에서 2등, 그리고 장거리에서는 꼴찌를 했다.

5월이 되어 처음으로 이 새로운 대학팀과 장학생으로 구성된 3학년 팀이 경쟁을 벌였는데 3학년 장학생 팀이 간발의 차로 승리했다. 3마일 경주에서는 장학생 팀이 조정선 길이의 두 배가 되는 차이로 승리했다.

레이든은 신생팀 원들을 불러 모았다.

"3학년 팀" 하고 그는 말을 꺼냈다.

"그들이 너희들을 이겼어. 대학 대표로서 푸흐키프씨의 경주에 참가하려면 이래가지고는 안 돼. 푸흐키프씨 경주보다는 3학년 팀과 3마일 경주를 하여 이기는 팀이 대학을 대표하는 것이 옳다고 생각해. 내일까지 어떻게 하면 푸흐키프씨에 갈 수 있을까 방안을 제시해 봐"

팀장 짐 페리가 찾아와서

"3학년 팀과 경쟁하여 이기는 쪽이 푸흐키프씨에가게 하지요."

하고 침통하게 말했다. 카우알릭이 조정하는 3학년 팀과의 경쟁에서 대학팀이 선장 3배의 차로 패했다.

이 승자의 팀은 새로운 팀장을 필요로 했다. 레이든은 킵 그랜트에게 이 일을 맡아 달라고 요구했다. 킵 그랜트는 동의했으나 마지못해 하는 태도가 분명했다. 이런 연유로 장학생 팀(3학년)에 킵 그랜트가 가세한 것이다. 킵 그랜트는 그의 가문에서 3대째 대학 대표 팀장을 맡게 되었다.

킵 그랜트가 그가 다루게 될 팀원들을 좋아하지 않는 이유가 근거 없는 것은 아니었다. 이 장학생들이 킵 그랜트의 친구들, 그와 함께 대학의 전통을 이어온 형제들을 밀어냈기 때문이다.

동문들이 반대하고 그의 형제들도 이 새로운 책임을 거부할 것을 그에게 종용했다. 그들은 반농담이라고 했지만 킵 그랜트는 이미 그들의 시샘을 짐작하고 있었다.

그는 또한 레이든의 정도의 길을 위한 압박감에 그가 괴로워하고 있다는 것을 짐작하고도 남음이 있었다.

시내에 도착한 킵 그랜트는 경기 전에 언제나 그의 형제들이 기다리고 있는 식당으로 들어갔다. 그가 문을 열자 그들이 환호의 고성을 질렀으나 거기에는 야유도 있었다.

"이봐! 너 폴란드 말을 배운다는 게 사실이야?"

킵은 그들의 말을 듣지 못했다. 그의 눈은 한 여자의 얼굴에 쏠렸다. 여러여자들 가운데 키가 큰 올드 블루가 있었다. 킵이 기대했던 대로 그녀의 조용한 태도가 눈에 띄었다. 다른 애들에게 인사하고 난 후 킵은 결혼하게 될 그녀의 곁에 앉았다. 그녀는 테이블 밑에서 그의 손을 잡고 다른 애들의 고성이 끝날 때까지 조용히 앉아 있었다.

"그래 미풍이라면 반드시 우리가 이긴다."

"다리를 지나면 너희 팀원들이 포기할지도 몰라. 나도 숙련되지 않은 그들의 연습 모습을 지켜보았어."

하고 애드 그랜트가 말했다. 킵은 그들이 자신의 기대를 깨트리는 말들을 쏟아내자 자기가 이 새로운 팀과 더욱 굳게 결속되고 있음을 간파했다. 애들이 아우성이 진정되자 킵은 애인인 매리 아담스와 살그머니 그곳을 빠져나왔다. 거리는 늙은 나무들 아래서 조용하고 강 쪽에서 불어오는 바람은 봄 냄새를 풍겼다.

"너 오늘 참 침착했어." 하고 매리가 말을 건넸다.

"경기가 임박 하면서 나는 네가 초조해질 줄 알았어."

"나이가 먹으니 자제 할 줄도 알게 되지. 경기가 나를 초조하게 하면 다른 것이 나를 진정시켜 주고 있거든. 그것은 바로 네가 내 옆에 있기 때문이야. 지금도 그래"

하고 킵이 응답한다.

"아, 그 말을 들으니 정말 행복하네." 하고 매리가 말한다.

"또 하나 말할 게 있어. 내가 같이해야 할 우리 팀원들을 나는 사실 멸시해왔어. 내가 먼저 그들을 바로 이해해야 함에도 불구하고. 내가 왜 그랬던가? 나도 몰라. 그들도 좋은 애들이야."

"나도 이해해."
하고 매리가 조용히 말한다.
"우리 형제들."
하고 킵이 말을 잇는다. 그의 말에는 실망의 여운이 있었다.
"우리 애들," 그들이 오늘은 나에게 난폭했어. 그들은 경기 후 레이든을 해고할지도 몰라.
"그렇게 되지는 않을 거야."
매리가 말한다.
"우리가 기차 타고 오면서 말했어. 레이든에 대한 그들의 적대적 태도는 단지 그가 실수를 반복하지 않도록 하기 위한 것이라고."
"우리들이 이길 때는 어떻게 하겠다는 건가?"
"아무도 너희들이 승리하리라고 보는 사람은 없어."
하고 매리가 말한다.

그때 낡은 차가 삐걱거리며 그들 가까이 멈추었다. 펜실베이니아 번호판이 붙은 차였다. 차창 밖으로 낡은모자를 쓴 머리를 불쑥 내밀더니 무어라고 분명치 않게 말했다.
"피터 카우알릭이라고 하는 애 어디 있는지 알 수 없나? 그가 조정석의 몇 번째 줄이더라?"
길모퉁이에서 메리는 킵이 몸을 바로 하고 대답하는 것을 보았다.
"아마 지금 모두 취침 중일 거요."
"우리가 온종일 이 고물차를 몰면서 왔거든. 제기랄, 도로에서 몇 번이나 위기를 넘겼는지 몰라. 피터 카우알릭, 우리에 대하여 많은 걱정을 할 거야. 전화라도 했으면 하는데."
"이렇게 늦게 전화하는 사람은 없어요."

하고 킵은 메리가 있는 곳으로 되돌아갔다. 메리가 그의 팔을 잡더니

"이 사람들이 먼 데서 고생하며 왔는데 네가 메시지를 전해주면 되지 않아? 카우알릭이 너의 조타수 아니야?"

"허기야 그렇지. 하마터면 죽을 때까지 콧대 높은 사람이 될 뻔했네."

킵은 아직도 떠나지 않고 있는 차 앞으로 다시 갔다.

"내일 아침 제일 먼저 카우알릭을 만나서 말하겠어요."

"아, 잘 되었네, 형 죠가 여기에 왔다고, 그리고 맬리 스테파니도, 전해주게. 우리도 내일 죽도록 소리를 지를 거요. 그런데 학생은 누구신가?"

"저는 관리인 중 하나입니다."

킵은 말하고 돌아섰다.

"잘 했어. 네가 그렇게 대답해 주니 나도 속이 시원해."

하고 메리가 말한다.

"나도 기분이 좋아."

그들은 조용히 걸어갔다.

"아직도 불안한 느낌이 있는데 왜 그러지?"

하고 메리가 말하자

"내일 우리는 이길 수 없어. 나는 잘 알아. 우리 애들 앞에서 이 말을 해주는 것이 좋겠지만 그들은 아직 젊은 패기에 차 있어."

"아니야. 그러면 안 돼. 지금은 밤이니까, 그런 생각에 집착하는 거야."

메리는 어둠 속에서 킵에게 몸을 돌려 그의 입에 자기 입을 대었다.

다시한번 키스를 하자 그의 불안이 다소 진정되는 듯 했다. 그는 메리를 떨치고

"이제 돌아가야지."

하고 말하자 메리도

"경기 잘해!"

라고 말하며 둘은 헤어졌다.

킵이 조정 선착장에 도착했을 때 어둠이 짙어져 있었다. 나무 계단을 올라 대원들이 잠자고 있는 숙소에 도착하니 레이든의 방 틈으로 불빛이 새어 나왔다. 그날 밤 킵은 잠을 청하는데 시간이 오래걸렸다.

다음 날 아침 킵은 카우알릭에게 말했다.

"너에게 할 말이 있어."

하고 밖으로 나가자. 이 키가 큰 학생은 놀라서 그를 따라 나왔다.

"어제 시내에서 우연히 너의 형을 만났어. 여기까지 오는데 고생이 많았던 것 같아. 그가 왔다는 것만 너에게 알리라고 했어."

카우알릭은 감사해 하면서도 놀란 표정을 지었다.

"고마워. 형이 무사히 왔다니 기쁘네. 나는 오늘 경기에 대하여 심각한 말을 할 줄 알고 긴장했었는데……"

"아니야." 킵은 다소 계면쩍은 표정을 하고 돌아섰다. 카우알릭이 그렇게 말하니 양심의 가책이 느껴졌다. 누구의 잘못일까? 자기가 무례하고 거만을 부린 것일까, 아니면 그들이 무례했을까? 그가 카우알릭에게 이렇게 친절하게 대해주었다는 것을 다른 아이들이 알면 통솔에 지장을 줄텐데. 이상하게도 그는 멤버들과 인척과 같은 느낌이 들었다. 이러한 관계는 그만큼 지연되었으나 자기 형제들과 그 친구들의 야유가 오히려 이 팀원들과의 밀착을 재촉했다고 보았다.

관리인이 와서 레이든이 보자고 한다는 말을 전했다. 그 코치 방에는 두 개의 노가 서로 교차하여 놓여 있었다. 킵은 6년 전 애드 그랜트가 사용한 것임을 즉시 알아냈다.

"문을 닫아. 여기에 앉게." 하고 레이든이 침통하게 말한다.

"간밤에 잠을 잘 못 주무신 모양이지요." 하고 킵이 말했다. "어제 들어오다 보니까 방에 늦도록 불이 켜 있었어요."

"경기 전날은 잠이 안 오지. 우리 팀원들은 잘 잤겠지."

"네, 기분이 좋아 보여요." 레이든이 다른 곳을 주시하는 바람에 그의 말은 빈말이 되어 버리는 것 같았다.

"아마 우리들이 이길 수도 있을 거야." 레이든이 말을 시작했다. "아마 그러지도 않을 거야." 킵은 고개를 끄덕였다.

"그 아이들은 아주 중요한 것을 갖고 있어. 담력이지. 이들은 노를 오래 저어보지 못했어. 아마 죽을 힘을 다 할 거야. 몸이 부서지도록."

"팀원들을 교체하기에는 너무 늦었습니다."

하고 킵이 말했다.

"나도 알아. 내가 결정을 하면 그대로 하는 거야. 이 직업에 대하여는 염려할 것 없네. 자네 형제들과 조종 경기위원회의 골초회원인 캘더가 전화를 했어. 그때 자네는 시내에 나가 있었지. 어떤 일이 있어도 내 직책은 안전하다고 하더군. 내가 염려하는 것은 나에 대한 것이 아니라 이 젊은 아이들이야. 자네가 싫어하는 아이들, 나는 여의치 못한 환경에서 왔으나 자네의 입장을 이해할 수는 있네. 나는 그들에게 기회를 주었어."

"그런 말씀하시면 제가 거북하지요. 저도 변했습니다. 왜 그런지 말할 수는 없지만. 저는 제가 할 일에는 최선을 다하겠습니다. 저도 승리하고 싶어요. 이것이 저의 마지막 기회입니다. 우리 가족 중 푸흐키프 씨 경주에서 승리의 영광을 맛보지 못한 사람은 저 하나 뿐입니다."

레이든은 고개를 끄덕이며

"이것이 그들의 마지막 기회는 아니야. 바로 이것 때문에 자네를 불렀네."

그들은 아직도 2년이라는 기간이 있어. 그들이 승리하면 문제는 다르지. 그러나 그들이 패한다 해도 이 여덟 명의 아이들을 훌륭한 조정 선수로 키워달라는 말일세. 잠시 멎었다가 둘은 눈을 서로 마주했다.

"내 말을 이해하겠지. 그들이 흩어지면 다시 모이기는 힘들어. 자네가 어떻게 해야 하는지 내가 말은 못 해도 자네는 이들 여덟 명을 조정 선수로 키워야 해.

그들 자신을 위해서, 또는 학교를 위해서. 다른 사람을 위한 것이 아닐세."

강은 유리 표면처럼 고요했다. 정박한 조종 선들도 움직임이 없다. 킵의 보트는 외선에 위치하여 빨리 달리는데 유리하나 일단 물이 요동을 치면 어느 레인보다 험난하다.

"준비!"

리프리의 고성이 들린다. 캘리포니아 호 선수가 팔을 올린다. 카우 알릭과 구트만은 다음 단계인

"출발"

명령이 지연되고 있자 험한 말을 한다.

"침착하게 있어."

하는 킵의 목소리가 들린다. 그는 앞의 레인을 바라보고 자기 팀원들에 대한 자신감에 흡족해 한다. 자기가 갖고 있던 자부심의 공허함

도 그를 스쳐간다. 팀원들도 그를 바라본다. 구릿빛에 흰색 피부가 희석된, 인위적으로 만들어진 작품을 보는 듯하다. 땀복 밴드와 몸에 밀착된 테이프, 두꺼운 털양말이 돋보인다.

"준비!"

하고 리프리가 반복하고 아무도 손을 올리지 않자

"출발!"의 총성이 떨어진다. 킵의

"노 저어라."

소리가 출발의 소란스러움에 압도된다. 피가 온 몸에 솟아나듯 자기도 모르는 사이 손이 위로 치솟는다. 조타수의 손이 40에 놓인 채 킵의 손이 오를 때마다 모든 노가 한결같이 물을 치고 나간다.

선장의 1/4 정도 차이로 다른 보트보다 앞서 나가더니 그 간격이 더욱 벌어져 1마일 지점에서는 선장 하나만큼 앞섰다.

"더 빨리! 더 빨리!"

고함치는 킵의 눈이 빛나면서 팀원들이 당황한다. 그들은 마치 뒤에 따라오는 악마를 피하듯 사력을 다하여 돌진한다. 킵은 팀원들보다 나이가 많다. 그는 팀원들에게 계속 고성을 지른다. 그들이 기력을 다해도 만족하지 않는 듯하다. 그 순간 그들 사이에 해군 팀과 캘리포니아 팀이 앞으로 치고 나간다.

"리어리, 더 빨리 속도를 내."

하고 킵이 고함친다. 흥분 속에서 자세가 불 안정함에도 그들이 내는 힘에 킵은 의아해한다. 그의 눈가에 해군 팀이 들어오고 오렌지빛의 노를 휘두르며 시라큐스 팀이 들어온다.

"야, 속도를 내. 우리가 갖고있는 힘을 다하고 있지 않아. 자세 때문이야."

하고 킵이 절규한다.

"힘을 더 내."

리스본과 구트만의 입술에 피가 흐른다.

"그들은 사력을 다한다. 내가 너무 소리치면 그들은 폭발할지도 몰라."

하고 킵은 무언의 반성도 해본다. 손이 다시 오른다. 2마일 지점을 통과하면서 카우알릭의 힘이 소진되고 있음이 자기의 탓인지 아니면 카우알릭이 자기의 힘을 방해하는지 모호한 의심에 사로잡힌다.

"얘들아 더 빨리, 더 빨리!" 하고 소리친다. 그의 목소리는 평소보다도 더 높아졌다. 팀원들이 그를 두렵게 쳐다보았다. 그들이 아직도 리드하고 있으나 킵의 손이 내리는 순간 해군의 선두가 그들의 것과 나란히 가고 있었다. 캘리포니아, 시라큐스 팀이 뒤에서 간격을 좁혀오고 있었다.

킵은 자기 팀원들이 한 발 더 나갈 수 있는 힘과 묘안이 소진된 것 같이 보였다. 앞에 다리가 보였다. 순간적으로 새로운 힘이 작은 배를 흔들어댄다. 그들이 다시 선두를 찾았다.

"우리를 따라 오라고 해. 그들의 콧대를 부셔버릴 테니까."

킵은 자신만만해졌다.

팀원들도 이러한 그의 말에 흡족했다. 그가 이런 말을 하는 것을 전에는 들어보지도 못했다. 그 중에는 쓴웃음을 짓는 팀원들도 있었다. 여러 보트에서 나오는 고함소리에 어떤 냉기가 그를 스쳐갔다. 3마일 지점을 지날 때까지 선두를 유지했다. 그들이 시라큐스 팀보다 한발 앞설 때 해군 팀과 캘리포니아 팀이 앞으로 튀어나왔다. 리어리와 구트만이 리듬을 깨고 먼저 노를 너무 빨리 저었다.

"흥분하지 마!"

하고 킵이 경고한다. 아직도 그들의 조정 선은 노도같이 질주하고 있다. 노가 물속 깊이 잠겼다가 위로 치솟는다. 다리를 지나면서 축포가 일곱 번 터졌다. 이것은 종착점에 대기하고 있는 사람들에게 7번째 레인이 리드하고 있다는 표시였다. 종착점에서 대기하는 요트가 그들을 환영할 것이다. 우리는 그 환영을 받을 준비가 되어 있다. 그는 팀원들과 함께 요트에 오르는 환상을 즐기고 있었다. 우리 형제들이 얼마나 좋아할까?

환희가 그를 덮쳤다. 아직 반 마일이 남았다. 팀원들의 몸이 땀에 젖어 황혼에 빛을 발하고 있었다. 요트들이 양쪽에서 대기하고 있다. 그들은 거의 골인한 상태에 있다고 생각했다.

"마지막 속력을 내라, 마지막이다."

하고 킵이 소리친다. 노의 날이 물속 깊이 잠겼다가 솟아오른다.

"우리들이 골인했어, 드디어!"

하고 승리의 환희가 압도한다. 마지막 질주에 선체가 흔들린다. 구트만이 미리 그의 노를 빼는 바람에 6번의 노가 힘을 잃어 배가 균형을 잡지 못했다. 리어리의 노도 힘을 잃게 되었다. 조타수 카우알릭도 노를 올려놓아 맨 앞의 노는 계속 힘없이 움직이고 있었다. 모든 것이 끝난 줄로 알았다. 어느 팀이 먼저 들어왔는지 아무도 모른다. 얼굴에는 다시 긴장감이 돌고 배 위에서 혼란이 끓고 있다. 카우알릭이 다시 노를 저어 리듬을 회복하려고 한다. 다른 배들이 황혼빛을 받으며 유령같이 들어온다.

"정신 차려!"

킵의 말이 떨어지자 팀원들은 기계적으로 움직인다. 그들의 경기 정은 골인 전에 선두를 내어 주고 있었다. 요트는 사람들의 아우성으로 흔들리고 있었다. 그중에서 한목소리가 혼란을 뚫고 킵의 귀에 들려온다.

"그 풋내기들을 그대로 놔두고 이리로 와."

애드 그랜트가 요트 머리에서 소리친다. 킵이 돌아보자 그들이 벌써 그 형제들의 요트, 코모란트와 나란히 하고 있었다.

"이제 끝장이야. 물에 뛰어들어 헤엄쳐 와."

하고 애드가 말한다.

킵은 이제야 그것이 무엇을 의미하는지 알아차렸다. 그는 이 팀을 벌써 떠났어야 했다. 이들은 그가 그의 형제들과 하나가 되어 이루어 놓은 전통을 이어받을 사람들이 아니었다. 그는 그 형제들에게 유화의 제의를 하고 그들이 내뱉을 냉소로부터 그를 구출해야 한다. 팀원들에 대한 그의 분노, 그들의 냉소가 모두 자신에게 돌아오고 있었다. 그는 전에 레이든이 한 말을 기억한다.

"그들을 훌륭한 여덟 명의 조정수로 키워 다음 경주에 대비하라."

그러나 그는 혼자 생각했다.

"그 생각은 집어치워야지. 레이든도 끝이야. 모두가 나에게는 굴욕이야."

기계적으로 노를 저어가고 있었다. 승자를 위한 휘슬 소리에 그들의 노는 서로 부딪치고 있었다. 반 구부린 자세에서 옆을 바라보니 코모란트의 선수가 보였고 가기에 매리 아담스가 애들과 떨어져 있었다. 그가 바라보자 그녀는 손을 흔들었다. 그는 경기 정에 앉자 순간적으로 바보 같은 상념에 사로 잡혔다는 것을 깨달았다. 그들을 위한 앞날을 생각해 본다. 강력하고 무의식의 흥분이 자기를 압도할 날을. 그러자 자신의 허약함을 발견하는 한편 머리가 산뜻해지는 느낌이 든다. 내가 그들을 해친 것에 비하면 그들의 나에 대한 냉소는 아무 것도 아니야.

"참 잘했어"

하고 그가 소리쳤다. 이 소리에 팀원들 모두가 놀란 표정이다.

노들을 다 거두고 그의 다음 명령을 기다리고 있다. 그러나 그의 목소리는 날을 품고 있었다.

"다시 뭉치자. 마치 노 젓는 연습을 끝냈을 때처럼, 한배를 탄 한 몸이 되는 거야."

앞에서는 승자를 위한 휘슬이 들린다. 해군 팀이 황혼의 빛을 받으며 캘리포니아, 시라큐스 팀에 앞서 들어온다. 어둠이 강에 짙게 깔려 모든 배들을 그림자로 만든다. 1/8마일 뒤에서 완전한 리듬과 믿지 못할 힘으로 경기 정이 들어온다. 미래의 승리를 다짐하는 여덟 명의 조정수가 홈에 도착했다.

벗은 자에게 옷을 입혀라

■ 원작 : 도로시 파커

빅 레니는 낮에 부유한 부인들의 양로원에 가서 그들의 옷가지를 세탁하는 일을 한다. 그녀는 자기 일을 훌륭히 수행하여 부인들 간에도 칭찬이 자자하다. 빅 레니는 그 이름이 말해 주듯이 몸집이 육중하고 손바닥을 제외하고는 온몸이 검정 색이다. 몸이 육중하여 움직임이 둔하고 다리에 툭 튀어나온 심줄은 움직일 때 마다 그녀를 괴롭힌다. 허리도 온전치가 못하여 고통을 준다. 그녀는 주어진 운명을 저주하는 적도 없고 고치려고 노력하지도 않는다.

빅 레니는 쓰라린 일들을 많이 경험했다. 애들은 성년이 되기 전에 모두 저세상으로 갔다. 남편도 사망한 지 오래다. 그녀의 남편은 천성이 쾌활하고 친절한 사람이었는데 한때는 일이 많아 가정을 잘 꾸려가기도 했었다. 애들도 유아로서 사망한 것이 아니라 4~7세에 모두 수명을 다했다. 따라서 애들에 대한 사랑이 극진했고 마음이 열려 있어 사랑도 받아 왔다. 한 아이는 거리에서 차에치어 죽었고 다른 두 아이는 병으로 죽었다. 그것도 환경이 깨끗했고 음식이 신선 했더라면 발생하지 않았을 일이었다. 오로지 막내인 알린만이 오염된 공기와 더러운 환경에서 소생하여 성년이 되었다.

알린은 키가 무척 크고 수척해 보였으며 피부는 엄마만큼 검지는 않았다. 몸이 너무 말라 핏줄이 피부 밖으로 튀어나올 듯이 보였다. 그녀의 몸 생김은 마치 어린애 그림이 보여 주듯 다리는 넓은 발등에 올려 놓은 긴 막대기 같이 보였다. 머리는 항상 숙여져있었고 두 어깨는 아래로 처져 힘을 지탱하지 못하는 듯 보였다.

빅 레니는 알린이 애를 갖고 있다는 사실을 전연 알지 못했다. 알린은 반년 동안이나 집에 있지를 않았다. 갑자기 병원에서 사람을 보내 딸과 손자를 보라는 전갈에 급히 달려가 보니 알린이 거의 죽어가는 상태에서 겨우 입을 열어 엄마에게 "이 아이의 이름을 레이먼드라고 부르세요" 라고 말 한마디를 하고는 숨을 거두었다. 아기의 생김새는 할머니를 닮아 몸이 길고, 피부 색깔이 흰 편이며 두 눈은 우유빛 색깔을 띄고 있었다. 며칠 후에야 병원 사람들이 말해주어 그 아기가 앞을 볼 수 없는 아이라는 것을 알게 되었다.

빅 레니는 양로원에 수용된 할머니들을 일일이 찾아가 어린애를 돌봐야하기때문에 얼마간 일 하러 올 수 없다는 것을 설명하고 양해를 구했다. 언제나 한결같이 일 하던 빅 레니의 모습을 더 이상 볼 수 없게 되어 할머니들은 당황하는 기색을 보였다. 이곳에 있는 할머니들은 다 같은 느낌이었을 것으로 추측된다. 빅 레니는 그녀가 소유하고 있던 대부분의 물건들을 팔아 버리고, 난로가 있는 방 하나를 구입했다. 레이먼드가 병원에서 나오자 빅 레니는 레이먼드를 집으로 데리고 와 보살피기 시작했다. 그녀에게는 레이먼드가 유일한 혈육으로 그만큼 소중한 존재였다.

빅 레니는 절약이 몸에 밴 여자로서 꼭 필요한 것만갖고 살아간다. 알린의 장사를 치른 후 주위의 동정으로 빅 레니와 레이먼드는 얼마 동안은 불편 없이 살아갈 수 있게 되었다. 빅 레니는 사소한 필요에 둔감한 편이었다. 웬만해서는 그녀에게서 불안한 기색이란 찾아볼 수 없었다.

레이먼드는 조용하고 참을성이 있는 좋은 아이였다. 보드라운 솜 상자에 앉아 어떤 소리나 색깔을 감지하면 그쪽을 향하여 손을 휘저어댔다. 얼마 가지 않아 레이먼드는 일어나서 걸음거리를 배울 때 발자국 하나하나를 견고하게 딛고 흔들림이 없었다. 그의 걸음을 처음 본 빅 레니의 친구들은 그가 앞을 보지 못한다는 것을 알아채지 못했다. 얼마 가지 않아 레이먼드는 옷을 자기 스스로 입을 수 있었고 할머니가 밖에서 돌아오면 문을 열어주고, 정다운 대화를 시작하곤 했다. 빅 레니의 일은 정규적인 것이 아니었다. 이웃집 일이 있으면 돌보아 주고 아픈 친구를 대신해 일을하는 경우도 있었다. 전에 일하던 집에 찾아가 일거리가 없는지 물어본 결과 다시 일할 수 있다는데 용기를 얻었다.

홀 건너편에 있는 이웃들이 빅 레니가 일하러 간 사이 레이먼드를 보살펴주기도 했다. 그들에게 레이먼드는 전혀 문제아가 아니었다. 오히려 레이먼드는 여러 면에서 도움이 되었다. 예를 들면 실타래를 주면 빈틈없이 완전하게 실을 감아올려 흐트러지지 않도록 고정 핀을 꽂아 놓는다. 숙달이 될수록 다른 사람들보다도 더 빨리 감아 본인으로서는 훌륭한 작품을 만들어 놓았다는데 긍지를 느끼고 있다. 빅 레니도 이 출중한 작품에 찬사를 아끼지 않았다. 그 실타래를 전부 매진하면 레이먼드는 거기에 만족감과 긍지를 느꼈다.

그러던 어느 날 공포감이 빅 레니를 엄습하였다. 한시라도 레이먼드와 결별을 하게 될지도 모른다는 공포감이 밤이나 낮이나 그녀를 괴롭혔다. 이웃 간에 돌아다니는 소문에 의하면 레이먼드와 같은 장애인은 국가기관이 보호하고 관리한다고 한다. 갑작스레 시내 변두리에서 일어난 일이 상기 되었다. 대낮 한 빌딩 안에서 장애 어린이 납치사건이 일어났기 때문에 사람들은 그 곳을 지날 때 공동묘지를 지나는듯한 공포를 느껴 집으로 황급히 발길을 돌린다는 것이다. 이러한 소문이 이웃들을 공포의 사슬로 묶어 버리자, 이웃들은 빅 레니에 대한 동정심이 굳어졌다. 만일 장애인 보호소에서 누가 와서 레이먼드를 데려 간다면 동네 사람들은 그에 대한 저항에 적극적으로 동참할 태세가 되어 있었다.

레이먼드는 낙천적이어서 좋은 것 이외의 다른 일들은 생각하지도 않았다. 그가 성장하여 계단을 내려올 수 있고 거리로 나갈 수 있게 되자 매일 좋은 일이 있을 것을 기대했다. 레이먼드는 초라한 목조건물로부터 나와 앞뜰로 나온 후, 고개를 이리저리 흔들어 신선한 공기를 만끽하는 듯했다. 그곳은 녹슨 침대 스프링, 고장 난 보일러, 쭈그러든 냄비 등의 처리장으로 변하여 자동차들의 왕래가 없었다. 아이들은 도로 위에서 놀고 어른들은 열린 창을 통하여 이 집 저 집 간 서로 통화가 이루어지고 있었다. 레이먼드는 웃음이 들리는 쪽을 향하여 웃어 보이고 팔을 휘둘러 댔다.

레이먼드가 비틀거리며 나타나면 놀이를 하던 아이들은 일단 멈추고 그의 주위에 조용히 둘러앉아 호기심 어린 눈으로 그를 바라보았다. 이 아이들은 레이먼드의 천진스런 성격과 사랑을 이미 들어서 알고 있었다. 따라서 모두가 그에 대한 연민의 정을 느끼지 않을 수 없었다. 그중 몇몇은 레이먼드에게 낮은 목소리로 주의 깊게 말을 걸었다. 레이먼드는 즐겁게 웃으면서 그들을 포옹하려는 듯 소리가 나는 쪽을 향하여 손을 펼쳤다. 그러자 애들은 장님의 손을 피하려고 뒤로 물러서곤 했다. 아무것도 아닌데 아이들이 두려움을 갖고 자기를 피하는데 대하여 약간의 수치심을 느낀 채 레이먼드는 그들과 작별하고 거리로 나왔다. 애들이 모두 떠난 후 레이먼드는 거리 끝까지 걸어갔다. 그의 유일한 안내자는 거리 옆에 설치한 울타리였다. 그는 걸어가면서 가사도 없는 노래를 불렀다. 창밖을 내다보고 있던 어른들이나 부인들은 그와 인사말을 교환하고 손을 흔들어 댔다.

저녁이 되면 빅 레니가 돌아온다. 레이몬드는 그날 있었던 일들을 할머니에게 말했다. 그가 들었던 웃음에 대하여도 즐겁게 이야기 했다. 날씨가 좋지 않아 밖에 나갈 수 없을 땐 실타래를 굴리며 온종일 종알댄다. 날씨가 다시 좋아지면 밖에 나갈 기대를 하면서 오늘의 고통을 참았다. 동네 사람들은 레이먼드와 빅 레니를 위하여 그들이 할 수 있는 일은 다 했다. 우선 레이먼드에게는 아이들이 입던 옷들을 보내왔으며, 그 외에도 먹다 남은 음식을 보내와 일주일은 버틸 수 있는 분량이 되기도 했다. 허나 빅 레니가 일할 수 있는 날들은 점점 적어져 다소 불안은 했으나 그런 것에 신경을 쓸 여자가 아니었다.

누구보다도 이 두 사람의 생계를 도와준 사람은 어윙 여사이다. 빅 레니는 항상 어윙 여사의 너그러운 마음에 감사의 말을 잊은 적이 없다. 밤이 되면 어윙 여사를 위한 기도로 그날 일과를 마친다. 어윙 여사를 위한 자신의 축복이 중단된다는 것은 남의 은공을 모르는 몰염치한 태도라는 것을 그녀는 잘 알고 있었다.

어윙 여사는 그 동네에서는 잘 알려진 여자이다. 여사가 볼일이 있어 리치먼드에 갈 때나 찰스톤의 진달래꽃 정원을 방문할 때는 지방신문에 그녀에대한 기사가 나온다. 어윙 여사는 사회와 인류를 위하여 봉사를해야 한다는 숭고한 사명을 잘 인식하고 있다. 그녀는 지역사회 자선 위원회에서의 활발한 활동으로 명망이 높다. 공공사업에 활발하게 참여를해도 이것이 그녀의 사생활에 영향을 끼치지는 못했다. 어린 애들이 없는 부부이지만 그녀는 사소한 일이라도 다른 사람에게 맡기는 적이 없이 남편이나 집안을 위한 모든 일을 손수 처리하는 모범여성이었다.

레이먼드가 태어나기 전에 빅 레니는 어윙 여사 댁의 세탁부로 일했었다. 빅 레니가 어떤 이유에서인지 그곳을 떠난 후 여러 사람이 바뀌었다. 허나 빅 레니처럼 일을 깨끗이 마무리 짓는 사람은 하나도 없었다. 그래서 빅 레니는 다시 돌아올 수 있게 되었다. 어윙 여사는 자기의 실수에 대하여 매력적인 미소로서 자책감을 표현하곤 했다. 어윙 여사 말대로 빅 레니가 자기에게 봉사해준 음덕도 모르고 자기가 바보짓을 했다는 것도 인정을 했다. 자기의 실수로 고통을 받았던 사람들은 언제나 다시 어윙 여사 곁으로 돌아오기 마련이다. 한때는 바보짓을 하더라도 곧 자기 실수를 인정하면서 깊이 성찰하는 것이 어윙 여사의 스타일이다. 실수의 성향 때문에 그녀의 남편도 그녀를 남에게 속아 넘어가기 쉬운 여자라고 놀려댔다.

매주 이틀간을 일하면 방세와 두 식구의 식량 수요를 충당하기에도 빠듯하다. 그 외 경비가 발생하면 다른 곳에서 추가 일자리를 찾아야 한다. 따라서 일거리를 항상 찾아다녀야 한다. 빅 레니는 어윙 여사 댁에서 일을 너무 깔끔하게 처리해주기 때문에 금전적 보상 이외에도 어윙 여사가 입던 옷이나 그녀 남편의 양복을 선물로 받을 때가 있었다. 어윙씨의 모습은 빅 레니의 기억에 떠오르지 않았다. 그녀가 들어올 때면 그 남편이 나가고 그녀의 퇴근 무렵이면 남편이 들어오기 때문이다. 그러나 빅 레니가 기억하기로는 어윙씨는 레이먼드에 비하면 그리 큰 체구가 아니어서 헌 옷들이 레이먼드의 체격에 맞아 들어갔다.

레이먼드는 하루가 다르게 빨리 자랐다. 그는 매일 거리에 나가 걸으면서 저녁에 빅 레니가 오면 말할 일들을 만들려고 했다. 레이먼드는 더 이상 거리에서 놀림의 대상이 아니었다. 이제 동네 아이들에게도 익숙한 존재가 되었다. 거리에서 아이들도 그를 보면 그냥 지나가버리고 창가의 여인들도 그를 보면 더 이상 인사말을 건네지 않는다. 비록 앞을 보지 못하더라도 레이먼드의 하루는 행복에 겨웠다. 하루가 가는 것이 아름다운 달력에서 종이 한 장이 떨어져 나가는 느낌이었다. 겨울이 오자 다른 계절처럼 거리에서 놀며 재미있는 경험을 쌓아 나간다는 것은 상상할 수가 없었다. 레이먼드에게는 입고 나갈 겨울옷이 없었다. 빅 레니가 오래된, 몸에 맞지 않는 외투를 다시 손봐 입히려 해도 너무 낡아 얼마 입지도 못하고 버려야 할 판이다. 새로 손을 봐도 곧 옆이 찢겨져 나가 봉합 할 수 있는 상태가 안 되기 때문이었다.

이웃 마을에서는 한 미친 흑인이 자기 주인 여자를 살해하여 공포심이 이 마을에도 퍼져가고 있었다. 여기에 대한 보복이 또 다른 살인으로 이어졌다. 온 마을이 공황을 방불케 했다. 모든 유색인 피고용자들이 해고되어, 그들이 설 자리를 완전히 잃어버렸다. 그러나 어윙 여사는 자기가 고용한 흑인 세탁부를 해고하지 않았다. 빅 레니의 축복을 받을 만한 관용이 거기에 있었다.

겨울내내 레이먼드는 집안에서만 칩거했다. 빅 레니의 스웨터를 그의 연약한 어깨에 걸치고 실타래 감는 일만 계속했다. 빅 레니의 속바지를 입고 있으나 너무 커서 계속 흘러내린다. 그녀의 스커트로 허리를 조여 바람이 들어가지 않도록 했다. 그는 현재 하고있는 행위보다도 과거에 집착한다. 과거 어느 경험을 말할 때 큰 웃음을 잃지 않으며 과거에 경험했던 일들에 대하여도 자부심을 느꼈다.

빅 레니가 날씨가 나쁘다고 하면 레이먼드는 절대로 나가지 않았다. 할머니의 말이라면 절대적으로 신봉했다. 겨울의 중반이 넘어서자 그의 비좁은 방에서도 봄의 기운이 감돌았다. 봄이 온 후 어느 날 봄의 기운이 그의 쪽방에도 스며들자 레이먼드는 이제 밖으로 나갈 수 있다는 기대감에 젖어 기쁨의 함성을 질렀다. 빅 레니는 아직도 날씨가 춥고 거기에 해당하는 적당한 옷이 없어 나가는 것을 자제할 것을 당부

했다. 거리에 나갈 수 있는 기대가 사라지자 레이먼드는 거리에 대한 말을 일체 꺼내지 않았다. 그리고 실을 감는 그의 손도 전과같이 민첩하지는 못했다.

빅 레니는 전에는 해보지도 않았던, 범상치 않은 행동을 하기 시작했다. 그녀는 어윙 여사에게 그녀의 남편이 입던 옷을 레이몬드에게 물려줄 것을 요구했다. 문제는 빅 레니가 바닥을 내려다보며 무어라고 중얼거리자 어윙 여사가 무슨 말인지 확실하게 표현해줄 것을 요구한데서 발단이 되었다. 어윙 여사는 이 말을 들었을 때 적지 않게 놀랐다고 했다. 주위 사람들이 자기에게 요구하는 것이 너무 많아 자기로서는 최대한으로 그 요구를 충족시키려고 노력하고 있다는 사실을 누구보다도 빅 레니는 잘 알고 있다고 믿었기 때문이다. 어윙 여사는 가급적 쓸만한 물건들을 수집해 보겠다고 약속했고 빅 레니는 속으로 이 부탁이 마지막이 될 것이라고 다짐을했다.

　빅 레니가 일을 마치고 떠날 때가 되자 어윙 여사는 옷가지 한 보따리를 내놓았다.

　"여기에 양복 한 벌, 구두 한 켤레가 있어요. 너무 좋은 것들이라 사람들이 물건들을 보면 내가 미쳤다고 하겠지."

　라고 하면서 남편도 그녀를 보고 미쳤다고 할지 모르겠다고 부언을 했다.

　빅 레니가 옷 봇짐을 갖고 집에 도착하자 레이먼드가 기뻐서 날뛰는 모습을 보았다. 그는 손뼉을 치고, 소리치며, 포장지를 자기 손으로 뜯어보고, 옷 표면을 손가락으로 더듬어 보고 옷에다 그의 볼을 갖다 대곤 했다. 그는 구두를 신고 돌아다녀 보기도 했다. 빅 레니는 바지를 입혀 허리에서 잠그고 밑으로 내려 바지가 구두를 얼마나 덮는지 보았다.

다음날도 빅 레니는 어윙 여사 댁에서 일하게 되어있었다. 레이먼드가 옷을 입고 싶어 하는 것을 알고 그녀는 일에서 돌아올 때까지 기다리라고 말 할까 하다가 오히려 날이 따뜻하여 감기 걸릴 정도가 아니면 레이먼드가 정오쯤 옷을 입고 외출할 것 같아 이웃집에 레이먼드가 옷을 입을 때 좀 도와 줄 것을 부탁했다. 레이먼드는 기뻐서 노래를 부르더니 얼마 가지 않아 잠이 들어 버렸다.

다음날 빅 레니가 아침 일찍 일하러 집을 나섰고 이웃 사람은 정오가 가까워오자 포-크와 콘 브레드를 갖고 점심을 먹이려고 레이먼드의 집에 도착했다. 이웃 여자는 반나절 일 할 데가 있어 레이먼드가 옷을 입고 외출하는 것을 볼 수 없게 되었다. 그녀는 레이먼드가 바지를 입는 것을 도와주고 허리를 고착시키고 밑을 접어 바지가 구두 위로 올라 올 수 있게 하였다. 그리고 레이먼드에게 정오 이전에는 밖으로 나가지 말 것을 당부하며 그의 볼에 키스를 하고 현장을 떠났다.

레이먼드는 오랜만에 맛보지 못했던 행복감에 사로잡혀 거리로 나가고 싶은 초조감에 압도되었다. 그는 거리로 나갈 생각을 하고 혼자 웃고 노래를 불렀다. 정오가 되기도 전에 그는 옷장에서 양복을 꺼내어 입어 보았다. 살에 닿는 옷의 촉감이 부드러웠다. 양어깨에 걸쳐 있던 윗 저고리를 흔들어 밑으로 처지게 했다. 두 팔 위를 덮고 있던 소매를 접으니 손목 위 맥박이 심하게 뛰고 있음을 느꼈다. 앞을 보지 못하는 레이먼드로서는 계단을 내려간다는 것이 용이한 일이 아니었다. 더욱이 헐거운 구두가 내려가는 속도를 둔화시켰다. 그러나 다음에 올 쾌감에 대한 기대가 꿀처럼 달콤했다.

드디어 레이먼드는 밖으로 나왔다. 오랜만에 봄 햇살을 받은 공기에 얼굴을 묻었다. 모든 것이 꿈만 같았다. 이런 좋은 일이 다시 일어날 수 있을까? 레이먼드는 울타리를 안내자로 삼아 걸음에 속도를 가했다. 그는 더 이상 기다릴 수가 없었다. 즐거운 소리로 외치니 메아리가 울리는 듯했다. 크게 웃어보니 웃음이 메아리가 되어 대답을 해 주었다. 레이먼드는 너무 기뻐서 자기를 안내해 주던 울타리로 부터 손을 떼어 양팔을 뻗고 미소를 지으며 자기 외침의 메아리를 기다렸다. 잠시 후 얼굴에 미소는 사라지고 양팔은 밑으로 처진 채 굳어지더니 떨기 시작했다.

누군가 뒤에서 웃음을 터트렸다. 그러나 그것은 그에게 익숙한 웃음이 아니었다. 그가 지금까지 의지하고 살아 온 그런 웃음이 아니었다. 누가 도리깨처럼 그의 뒤를 사정없이 내려쳤다. 갈퀴가 근육을 뼈에서 도려내는 고통이었다. 잠시 뒤로 물러가는 듯하더니 다시 돌아와서 내려쳤다. 숨을 쉴 수가 없었다. 비명을 지르고 거기서 빠져나오려고 해도 소용이 없었다. 옷은 구겨진 채 몸에 걸쳐 있었고 구두는 벗겨져 그의 다리 위로 올라와 있었다. 겨우 일어나면 다시 넘어졌다. 뒤에서 웃으며 날뛰는 사람이 있었다. 울타리를 잡으려 해도 아무것도 없었다. 어느 방향으로 가야 할지 알 수가 없었다. 피, 먼지와 어둠이 뒤범벅이 된 채 그는 누워서 비명을 질렀다.

빅 레니가 집에 돌아오자 레이먼드는 방 한구석 바닥에 누워 흐느끼고 있었다. 그는 갈기갈기 찢어진, 피와 흙이 뒤범벅이 된 양복을 그대로 입고 있었다. 그의 입과 손바닥에는 피가 말라붙어 있었다. 그의 가슴은 놀란 채로 아직도 뛰고 있었다.

"어찌된 일이냐고?"

빅 레니가 소리쳐 묻자 그는 생전 들어보지도 못했던 할머니의 고함 소리에 놀라 더욱 격하게 울기 시작했다. 빅 레니는 그가 무슨 말을 하는지 알 수가 없었다.

"거리에서 누가 길을 막고…… 때리고…… 절대로 밖에 나가지 않겠다."

운운하는 소리만 어렴풋이 들릴 뿐이었다. 빅 레니는 더 이상 물어보려고 하지 않았다. 레이먼드를 품에 안고 흔들어대며 달래고 있었다. 그리고

"오냐, 걱정하지 마라. 모든 것이 잘 될 것이다."

그러나 빅 레니도 그리고 그도 이 말들을 믿지는 않았다. 빅 레니의 목소리는 다정하고 부드럽게 들렸고 그녀의 품은 따뜻했다. 레이먼드의 울음은 흐느낌으로, 그리고는 점점 약해지더니 이윽고 사라져 버렸다. 빅 레니는 레이먼드를 꼭 껴안고 일정한 간격을 두고 부드럽게 흔들어 주었다. 그리고는 그를 일으켜 세워 피에 얼룩진 양복을 벗겼다.

폴 리비에르의 의치

▎원작 : 스테판 빈센트 베네트

　미국의 독립전쟁을 말하면 존 행 코크와 존 아담스가 우리의 머리에 우선 떠오른다. 모든 이야기가 이들에 의하여 야기된 듯한 느낌을 준다. 폴 리비에르도 동일 선상에서 생각할 수 있다. 폴 리비에르는 그의 은 상자와 연관하여 생각할 수 있다. 그러나 이 이야기도 리즈 버터위크와 그의 의치가 아니었다면 망각에 묻혀 버렸을 것이다.
　미국 혁명에 대하여 이들 외에 무엇을 말할 수 있을까? 악어와 더불어 경작하던 남부의 땅을 상상할 수 있을까? 아니다. 여기에서 말하고자 하는 것은 실제로 일어 났던 것이다. 나는 나의 고모할머니가 되는 버터위크여사로부터 들었다. 고모할머니는 자기가 기억하는 것을 역사적 기록으로 남기려고 했으나 뜻대로 되지 않을 때가 많았다. 출판업자들이 사소한 핑계를 대어 청을 들어주는 일이 없었다. 고모할머니는 그녀의 노여움을 직접 미국 대통령에게 전달할 단계에 이르렀다. 물론 대통령이 직접 회신을 한 적은 없다. 그러나 회신에 의하면 대통령이 그녀의 편지를 직접 읽었고 흥미로운 사연에 대하여 감사를 표했다고 한다. 우리는 그 편지를 족자에 넣어 벽에 걸어 놓았다. 서명한 잉크는 벌써 빛을 잃어 가고 있어 누가 서명했는지 이름이 분명하지 않다.

고모할머니는 역사를 그리 좋아하는 편은 아니다. 그녀가 관심을 갖는 것은 정사가 아니고 그 이면에 숨어 있는 가문 대대로 내려오는 야사이다. 폴 리비에르의 예를 들어 보자. 그에 대하여 잘 알려진 것은 그가 말을 타고 긴박한 메시지를 전함으로써 독립 전쟁이 시작되었다는 것은 누구나 잘 알고 있다. 그러나 고모할머니가 말하는 이야기는 그가 운영하는 상점에서 비롯된다. 거기에서 그는 미국 독립의 열망을 불태우고 있었다. 폴 리비에르의 직업은 은세공인 이였다. 고모할머니의 말에 의하면 그는 은세공에서도 거의 마술에 가까운 기교를 보여주었고 다른 사람보다 미래를 투시하는 능력이 뛰어났다고 한다. 남편인 리즈 버터위크에 관하여 말하면서 그녀의 이야기는 본론으로 진입했다.

그녀의 주장대로라면 한 국가를 만드는 데는 모든 종류의 사람들이 동원된다. 백치나 바보를 뜻하는 것이 아니라도 일상생활을 영위하는 범인을 일컫는 말이다. 영웅이나 위인은 일을 기획하고, 목적으로 유도하고 미래를 예측하는 힘을 갖고 있다. 하나의 사건을 야기시키는 데는 특정 날짜와 시간에 사건들이 연계되는 것이 결정적 요인이 된다. 리즈 버터위크가 분발함으로써 일이 성사되기 시작했다. 또한 중요한 일은 단순한 동기에서 출발한다고 그녀는 주장하고 있다.

어느 날인가 리즈 버터위크는 치아에 통증을 느끼기 시작했다. 그는 메사추세츠주 렉싱톤으로부터 8마일 떨어진 농촌에서 살고 있었다. 그는 평화주의자였다. 그 당시 미국은 영국의 지배하에서 고통을 받던 때였고 보스톤 항구에는 영국 군함이 항상 정박하고 있었고 영국 군인들이 보스톤 거리를 활보하고 있었다. 리즈 버터위크는 농촌에 거주하고 있었으므로 이러한 사실에 신경을 쓰지 않았다. 대다수 주민들도 그와 별로 다를 바가 없었다.

리즈 버터위크는 시내 술집에서 영국에 대한 반감 어린 논의가 고조되고 있음을 알았다. 그러나 그는 일상 필요한 물건들을 구입하여 집으로 돌아왔다. 그는 정치에 대하여 어느 정도 알고 있었으나 그에 대하여는 일체 함구하고 있었다. 그는 꽤 큰 농장을 갖고 있었으며 이것만으로도 그는 항상 바빴다. 그는 부인 외에 다섯아이들을 양육하고 있어 불철주야 일을 해도 끝이 없었다. 젊은이들은 죠지 왕과 아담스에 대한 논쟁에 휘말리기를 좋아했으나 리즈 버터위크는 그해 곡식의 작황이 어떤지 걱정에 사로잡혀 있었다. 다른 사람들은 무엇이 국가적 수치이고 자존심인지 논의하기를 좋아했으나 그는 어떻게 하면 좋은 이웃이 될 수 있는지에 관심이 쏠리고 있었다. 그는 귀리를 이 고장으로 이식하기 위한 실험에 분주한 나날을 보냈다.

그는 다른 지인들과 마찬가지로 풍작과 흉작이 매년 교차 반복하는 것을 보아 왔다. 1775년 4월 어느 날 잠에서 깨어보니 이에 통증이 엄습해오는 것을 느꼈다. 신체적 이상에 감각이 무딘 사람이라 여기에 신경을 쓸 겨를이 없었다. 저녁이 돼서야 이 아픔을 부인에게 호소하니 더운 소금 팩을 그 부위에 대고 통증을 완화해 보려고 했으나 그것을 밤새 지속할 수가 없었다. 다음 날 아침이 되니 통증이 더욱 악화되었다. 그 상태로 하루, 이틀을 넘겼으나 상태가 호전되지 못했다. 탠지차를 포함한 여러 방법을 시도 했으나 소용이 없었다. 실을 아픈 이에 묶어 출입문에 연결하여 부인으로 하여금 문을 세차게 열도록 했으나 아픔을 이겨내지 못하고 그 방법을 중단케 했다. 하는 수 없이 그는 말을 타고 렉싱톤으로 향했다.

렉싱톤에 도달하니 모든 사람들의 얼굴에 초조한 빛이 역력했다. 소총과 화약에 대한이야기가 돌고 있었으며 몇몇 사람들은 파즌 크라크에 머물고 있다는 존 행커크와 존 아담스의 이름을 거론하기 시작했다. 이 지역 주민과는 달리 리즈 버터위크는 급히 처리해야 할 일 때문에 다른 일에 관심을 돌릴 여력이 없었다. 하는 수 없이 그는 이발사에게로 갔다. 그는 아픈 이를 빼는 방법을 알고 있을 것으로 믿고 있었다.

이발사는 입안을 들러 보고 고개를 흔들었다.

"이를 뺄 수 있어요. 그러나 그 이의 뿌리가 깊어 어려움이 있을 것 같아요. 이를 빼면 그 자리에 보기 흉한 흔적을 남기게 되고요."

하고 이발사가 말했다. 그는 최근 일에 항상 관심을 갖고있는 사람으로 다소 흥분한 모습을 보였다.

"당신이 필요한 것은 그 흔적을 메꾸는 의치예요. 그러나 이것은 내가 할 수 있는 영역 밖에 있어요."

"의치? 그것은 자연 치아가 아니지 않습니까? 그것으로 어떻게 하란 말이죠?"

하고 리즈 버터위크는 의아한 표정으로 반문했다

이발사는 고개를 흔들며

"아닙니다. 거기에 당신의 잘못된 생각이 있어요. 의치는 요즈음 유행되고 있습니다. 렉싱톤 사람들도 이제 잠에서 깨어 최근에 일어나는 것을 따라가야 합니다. 당신이 의치를 하게 되면 그것을 보는 것만도 나의 기쁨이 되지요."

"그렇겠지요. 그런데 그 의치를 구하려면 어디를 가야 합니까?"

"아, 그것은 저에게 맡겨 두시지요."

하고 말하면서 이발사는 무엇을 찾기 시작했다.

"의치를 하려면 보스톤으로 가야 합니다. 나는 그것을 만드는 사람을 알고 있어요. 거기에 폴 리비에르 라고 하는 사람이 있어요. 그 사람이 가게 주인입니다. 여기에 광고가 있어요. 이것을 읽어 보시지요."

리즈 버터워크는 신문에 난 광고문을 읽기 시작했다.

"많은 사람들이 불행하게도 앞니를 잃는 경우가 많습니다. 리즈 당신도 그중 하나입니다. 앞니를 잃는 것은 보기 흉할 뿐만 아니라 말하는데도 불편하지요. 이 불편을 제거해 주는 것이 의치입니다. 의치는 자연치아와 똑같이 보이고 말하는데도 전혀 불편을 느끼지 않습니다."

리즈 버터워크는 그 사람의 소재를 적었다.

"보스톤 크라크 부두 폴 리비에르, 금 은 세공인."

들어보니 그럴듯하군. 그런데 가격이 얼마나 될까요?

"내가 리비에르를 잘 알아요."

하고 이발사가 자랑스럽게 말했다.

"이곳에 자주 와요. '자유의 아들' 소속으로 제법 큰 인물이지요. 정직한 사람입니다. 내 이름을 말하면 잘 보아줄 겁니다."

"아, 거기까지 내 생각이 미치지 못했어요."

하고 리즈 버터워크는 말했다. 그러는 동안에도 치통은 그를 괴롭히고 있었다.

"폐 이를 아끼려다가 파운드를 잃게 돼요. 나는 이미 하루를 넘겼어요. 괴롭히는 이는 일단 빼어 버려야겠어요. 그런데 리비에르는 어떤 사람인가요?

"아, 그는 재주가 비범한 사람입니다. 도구만 있으면 무엇이라도 해내지요."

"비범한 재주라?

하고 리즈가 반복한다.

"나는 그런 사람을 보지 못했으나 나의 이를 치유 한다면 그렇게 부를 수도 있겠지."

"절대 후회하지 않을 것입니다."

하고 이발사가 말한다. 그런 말은 자기가 소개하는 치과의사에 대하여는 누구나 하는 말이다. 리즈 버터위크는 말을 몰고 보스톤으로 향했다. 그가 말을 타고 달리자 지나가던 사람들이 무어라 소리 쳤으나 거기에 아랑곳하지 않았다. 그가 파슨 크라크를 지나갈 무렵 그 집 앞에서 두 사람이 대화를 하고 있었다. 하나는 키가 크고 멋진 옷을 입은 신사였고 다른 이는 키가 작고 남루한 옷을 입고 있었으며 얼굴도 불도크 형의 좋지 않은 인상을 갖고 있었다.

II

　보스톤에 도착하자 리즈 버터위크는 미묘한 감정을 느끼기 시작했다. 그는 4년 동안 보스톤을 와 보지 못했기에 변화가 있을 것으로 기대했다. 그러나 현실은 그렇지 않았다. 그날은 아주 청명한 날이 었으나 분위기는 천둥이 곧 올 것만 같았다. 사람들이 삼삼오오 모여 무엇을 수근대는 듯하더니 가까이 가면 이내 해산해 버렸다. 사람들은 이상한 눈초리로 낯선 사람을 노려보는 듯했다. 보스톤 항구에는 영국 군함이 정박하고 있었다. 이 사실은 벌써 알고 있었지만 그것은 비가 스쳐 가듯 금세 잊어버리곤 했다. 그러나 그날은 함포가 보스톤 시를 향하고 있어 공포의 분위기를 가중시켰다. 도저히 무엇이 일어날지 알 수 없는 긴박한 상황이었다.
　리즈 버터위크는 이를 고치러 왔기에 이를 꼭 성사시켜야 한다는 강박 관념을 떨쳐 버리지 못하고 있었다. 저녁 시간이 훨씬 지나 있기에 여인숙에 들려 허기진 배를 채웠다.
　"요즘 날씨가 좋아졌어요."
　하고 여인숙 주인에게 친화적인 말을 건넸다.
　"보스톤 날씨는 짓궂어요."
　하고 주인은 퉁명한 말투로 대했다. 식당 한 모퉁이에서는 젊은이들이 모여 심각한 표정으로 무엇을 의논하다가 리즈 버터위크에게 눈을 돌린다.
　"날씨는 나의 치통을 완화시켜 주지 못해요."
　하고 사교적인 리즈 버터위크가 말을 지속시켰다.
　"보스톤은 이런 날씨가 정상이지요. 시골로 나가면 이런 날씨가 작물을 심는데 좋다고들 말하고 있어요."

여인숙 주인은 리즈 버터위크를 응시하고 있었다.

"예, 맞아요. 나무를 심는데 적당한 기후이지요."

"어떤 나무를 말하는 거요?"

하고 리즈 왼쪽에 있던 날카로운 얼굴을 한 사람이 끼어들면서 그의 어깨에 손을 얹고 압박하고 있었다.

그러자 그의 오른편에 있던 붉은 얼굴을 한 사람이

"지천에 널린 것이 나무요."

하고 끼어들면서 그의 갈비뼈에 가볍게 일격을 가했다.

"어떤 종류의 나무냐고요? 그것은……."

하고 리즈 버터위크가 말을 이어가려고 하다 돌연 멈춘 것은 붉은 얼굴을 한 자가 갈비뼈에 두 번째 가격을 하여 일어난 고통 때문이었다.

"그것은 자유의 나무요."

하고 그가 받아넘겼다. 그리고 그는 계속해서

"자유의 나무에 폭군의 피로 물을 주어야지."

그러자 날카로운 얼굴을 한 사람이 "영국 왕정의 참 나무"를 말하면서,

"영국의 조지 왕을 구원하소서."

하고 이어 갔다.

이 여인숙 전체가 리즈 버터위크에 반감을 갖고있는 분위기였다. 급기야 그들은 리즈를 발로 차서 넘어뜨리고 모퉁이로 끌고 갔다가 다시 끌어내어 엎드려 있는 리즈 위에서 환희의 춤을 추었다. 리즈 버터위크가 의식을 찾았을 때 그는 코트가 반쯤 벗겨진 채 길바닥에 누워 있

었다.

"내가 이런 일을 당했군. 도시 사람들은 미친개라고 하더니 그것이 틀린 말이 아니군."

하고 혼자 중얼거렸다.

"나무 때문에 폭력이 일어났으니 정치가 험악해지고 있는 모양이군."

리즈 버터위크는 어느 틈에 날카로운 얼굴을 한 자가 와 자기 손을 잡으려는 것을 보았다. 그의 얼굴과는 달리 그는 아름다운 검은 눈을 갖고 있었기에 다소 안도의 숨을 쉴 수 있었다.

"잘 되었어 친구."

하고 그는 말을 건넸다.

"이 반항적이고 험한 보스톤에서 진심어린 영국 국왕의 충신을 만나게 되어 정말 기쁘오."

"내가 그 말에 동의하는지 나도 잘 모르겠소."

하고 리즈 버터위크는 말을 꺼냈다.

"나는 새로운 이를 하기 위하여 이곳에 왔소. 정치 얘기를 하러 온 것이 아니오. 당신이 그렇게 친절하게 말하니 나를 도와줄 수 없겠소? 나는 렉싱톤에서 왔는데 폴 리비에르라는 이름을 가진 사람을 찾고 있어요."

"폴 리비에르?"

하고 그가 반문하더니 미소를 짓기 시작했다. 그러나 즐거운 미소는 아니었다.

"아, 폴 리비에르를 당신이 찾고 있군요. 그는 나의 훌륭하고 재주 많은 벗이요. 그를 찾는 방법을 알려주지요. 저쪽으로 가서 첫 번째 만나는 영국 군인에게 문의 하시요. 암호를 사용해야 합니다."

"암호요?"

하고 리즈 버터위크는 의아하다는 표시로 그의 귀를 긁어댔다.

"그렇습니다. 영국 군인에게 '오늘 판매할 가제 있나요?' 하고 물은 다음 폴 리비에르에 대하여 물어 보시요."

"왜 가제 얘기를 먼저 꺼내야 하나요?"

하고 리즈가 물었다.

"아시다시피 영국 군인은 적색 코트를 입고 있어요. 따라서 가제에 대한 문의가 있으면 좋아해요. 한번 그리 해봐요."

하고 말한 후 어깨를 흔들거리며 어디론가 가버렸다.

리즈 버터위크에게는 이해할 수 없는 괴상한 일이 아닐 수 없다. 그러나 이것보다 더 괴상한 일은 오늘 그에게 일어났던 사건이다. 그 날 카로운 얼굴을 한 자를 믿을 수가 없었다. 그래서 영국군에게 가제에 대한 문의를 할 때 일정한 거리를 두고 조심해야겠다는 생각이 들었다. 리즈 버터위크의 가제에 대한 문의가 끝나기가 무섭게 영국 군인이 부두까지 그를 추적하고 있었다. 그 순간 리즈버터위크는 타르 통 안으로 들어가 숨어 위기를 모면했다. 그가 타르 통에서 나왔을 때는 차마 보기 흉한 몰골을 하고 있었다.

"아마도 가제가 통할 수 있는 암호가 아니었을 거야"

하고 몸에 붙어 있는 타르를 제거하면서 혼자 중얼거렸다.

"영국 군인도 민간인이 정중한 질문을 했을 때 그러한 행동을 보여서는 안되지. 도시 사람들이건 영국 군인이건 나를 바보로 만들지는 못 할거야. 나는 의치를 하기 위하여 이곳에 온 것 뿐이야."

바로 그곳에서 리즈 버터위크는 부두 끝의 한 상점 간판을 목격했다. 고모할머니에 의하면 바로 그곳이 그가 찾던 곳이었다. 간판은 〈폴 리비에르, 은 세공업자〉라고 큰 글자로 쓰였고 그 밑에 작은 글자로 "대소 종 주물 제조, 각인 및 인쇄, 인공 치아 제조, 보일러 수리, 각종 금은세공, 화요일부터 금요일까지 우편 속달"이라는 긴 간판을 보니 리비에르가 만능 재주꾼이라는 것을 짐작할 수 있었다.

III

리즈가 가게로 들어왔을 때 폴 리비에르는 카운터 뒤에서 은그릇을 이리저리 돌려 살펴보고 있었다. 나이는 40대 전후로 보였고 날카로운 얼굴과 민첩한 눈이 특징 있었다. 전형적인 보스톤 복장을 하고 있었고 프랑스인의 냄새를 풍기고 있었다. 그의 부친은 구에르시 섬에서 왔는데 원래 이름은 아폴로 리부와르 이었다. 전형적인 프랑스 개신교인 휴그노 교파에 속해 있었다. 온 가족이 섬에서 육지로 이주하자마자 이름을 리비에르로 바꾸었다.

상점은 그리 큰 편이 아니었으나 수천 불의 가치가 있는 은세공 물건으로 가득 차 있었다. 이외에도 보스톤 항구를 모방한 조각품, 그림, 인쇄물, 이름을 알 수 없는 잡다한 것들로 공간의 여백을 찾을 수가 없었다. 고객들도 많아 리즈 버터위크는 구석으로 몰려 자기 차례를 기다리고 있었다. 폴 리비에르는 분주히 돌아다니며 고객을 맞이하고 있었다. 성격이 조급한 사람처럼 그의 눈에는 생기와 기개로 충만한 듯했다. 그는 자기가 무엇을 하고 다음에 무엇을 해야 할지 헤아릴 줄 아는 사람이었다. 리즈 버터위크는 우선 밖에 붙어 있는 긴 간판, 그가 이발사로부터 들었던 마술사라는 은유어로부터 리비에르가 어떤 사람인지 유추해보려고 했다.

손님 중에는 아기의 세례를 기념하기 위한 은병을 구입하고자 하는 부인이 있는가 하면 보스톤의 대학살을 담고 있는 그림을 요구하는 사람도 있었다. 그러던 중 한 사람이 들어와 메세지를 넌지시 전달하고 갔는데 공교롭게도 리즈 버터워크는 거기에서 "화약, 자유의 아들들"을 포함한 몇 마디를 감지할 수 있었다. 또한 거기에는 리비에르의 까다로운 고객으로 알려진 실크 옷을 입은 부유한 부인같이 보이는 여성도 있었다. 그녀는 얼마 전 리비에르가 만들어 준 고가의 은 세공품에 대하여 불만을 토로하고 있었다.

"리비에르 선생님, 저는 보통 실망한 것이 아니어요. 내가 상자에서 그 물건을 꺼내었을 때 거의 소스라칠 정도였어요."

리비에르는 그녀에게 다가가 밝은 표정으로 말을 건넸다.

"실망한 건 오히려 저희쪽 이었어요, 마님."

하고 약간 몸을 구부리며 예를 표시했다.

"무엇이 문제였나요? 아마도 포장을 잘못한 것이 틀림없어요. 어딘가 굽어져 있던 모양이지요? 우리 아이에게 물어봐야겠습니다."

"아니요. 굽어져 있던 것은 아니었어요."

하고 그 숫 칠면조같은 목소리의 여인이 말했다.

"그러나 나는 정말 멋있는 은 세공품을 원하고 있어요. 주지사가 우리 집에 저녁 초대를 받고 올 때 쓰려고 해요. 나는 고가의 값을 치렀어요. 그러나 선생이 나에게 해준 것은 그런 것이 아니었어요."

리즈 버터워크는 이에 대하여 폴 리비에르가 어떻게 대응할지 궁금하여 마음을 조이고 있었다. 그의 목소리는 경직되어 있었다.

"나는 내가 할 수 있는 최고의 솜씨를 보여주었어요, 마님. 그 물건은 제 손에서 6개월이나 있었어요."

"아, 선생이 최고의 기술을 갖고 있다는 것은 나도 알고 있어요"

하고 부인이 정색을 하며 말을 이으려고 하자

"그것은 은세공 이라는 것이지요."

"선생이 무어라 부르든지 내가 상관할 바가 아니지요."

그녀의 듣기 좋은 독특한 액센트에 마음이 끌렸다.

"그러나 나는 최고의 수준을 요구하고 있어요. 내 친구들에게 보여주고 싶어서요. 그런데, 선생의 작품은 그런 것이 아니었어요. 그 은세공품은 너무 단순하고 평범했어요."

리비에르가 잠시 그녀를 쳐다보던 모습으로 보아 그는 금방이라도 폭발할 것 같은 느낌을 주었다.

"단순하고 평범했다? 마님이 나를 그렇게 칭찬해주시고 있으니 무어라 말해야 할지……"

"칭찬이라니?"

부인의 어조는 점점 노여움을 나타내고 있었다.

"내일 당장 그 물건을 돌려보내겠어요. 그 크림 담는 그릇에는 사자나 들소 같은 장식이 없어요. 설탕 담는 그릇도 은 포도로 도금해 달라고 말했는데 이행되지 않았어요. 그 대신 선생은 뉴 잉글랜드의 삭막한 풍경으로 대치했어요. 나는 그것을 참을 수가 없어요. 차라리 그것을 영국으로 보내는 편이 낫겠지요."

리비에르는 입에 가득 찬 공기를 내쉬며 한숨을 지었다. 그의 눈동자도 위험 수준에 달한 듯하다.

"돌려보내 주세요. 마님. 다시 만들지요. 다른 세공업자를 시켜서라도, 이 나라에서는 모든 것을 다시 만들고 있어요. 새로운 사람들, 새로운 은세공품, 새로운 나라. 그것들은 단순하고 뉴 잉글랜드의 언덕이나 바위처럼 순박해질 거요. 뉴 잉글랜드의 느티나무 가지처럼 우아하게. 나의 은 세공품도 그렇게 만들어질 거요. 그리고 부인이 말하는 사자, 들소, 포도 장식은 하류 기술자들이나 할 수 있거나 수입된 것들에서 볼 수 있는 것들입니다. 특히 영국에서 수입된 것들 중에서 그런 종류가 많겠지요. 마님의 취미는 영국에서 수입된 것입니다."

리비에르는 숫 칠면조를 다루듯 그녀에게 폭언을 퍼부었다. 마침내 그녀는 명주 스커트를 걷어부치고 밖으로 뛰쳐나갔다. 리비에르는 그녀가 나가는 것을 보고 돌아서서 머리를 흔들어 댔다.

"윌리암?" 하고 일하는 소년을 불렀다.

"셔터를 내려라. 오늘은 그만하자. 그런데 웨런 박사로 부터는 아직 소식이 오지 않았나?"

"아직 소식이 없습니다." 하고 말하고는 셔터를 닫기 시작했다. 리즈 버터워크의 입장에서는 자기가 기다리고 있었다는 것을 알릴 필요가 있다고 생각했다.

그는 기침을 하고 가까이 다가갔다. 폴 리비에르가 돌아서서 그를 응시하고 있음을 감지했다. 리즈 버터워크는 그에 아랑곳하지 않고 자기의 일을 관철시키려고 했다. 리즈는 자신이 예상 밖의 손님이라는 것을 잘 알고 있었다.

"아 기다리셨군요. 무슨 이유로 오셨지요?

"리비에르 선생님이 맞지요? 말을 하자면 긴데 이발사가 소개하여 찾아왔습니다."

"이발사?"

금시 초문인 듯 그는 되물었다.

리즈 버터위크는 아픈 입을 열면서

"여기 이가 보이지요? 바로 이것 때문입니다."

"이라니요? 무슨 말인지 자초지종을 말해 주세요."

"잠깐"하고 리즈 버터위크가 말하려는 것을 중단하고 그는 되묻는다.

"말하는 것으로 보아 보스톤 사람이 아닌 듯한데 어디서 오셨죠?"

"렉싱톤 근처에서 왔습니다."

'렉싱톤'이라는 말이 나오자 리비에르는 자못 흥분한 듯 리즈의 어깨를 잡고 흔들며

"오늘 아침에 그곳에 있었어요?"

"물론이지요" 하고 리즈가 대답 했다.

"거기에 내가 말하던 이발사가 있어요."

"이발사 얘기는 차치하고 행코크와 아담스가 아직 파슨 크라크에 있나요?"

"그럴 수도 있겠지요. 그러나 나는 그 일에 대하여 잘 알지 못합니다."

"저런, 이 아메리카 식민지에서 이 두 인사를 모르는 사람도 있을까?"

"바로 제가 그런 사람인가 봅니다." 하고 리즈 버터위크가 말했다.

"이 사람들에 관하여 저는 잘 알지 못합니다만 제가 파슨을 지나올 때 두 사람을 보았는데 하나는 멋있게 생긴 사람이고 다른 하나는 불독 같은 인상을 주는 사람이었습니다."

"아, 행코크, 아담스! 그들이 아직 그곳에 있군."

그는 방을 이리저리 거닐면서

"영국군이 공격 준비를 마친 모양이군"

하고 혼자 중얼거렸다.

"버터위크씨, 가게에 오는 길에 영국군을 보았나요?"

"보고 말고요. 그들이 나를 추적하여 오기에 타르 통 속에 숨어 겨우 위기를 모면 했습니다. 뿐만아니라 그들은 소총으로 무장하고 깃발을 날리며 시청 앞에 운집해 있어 꼭 무슨 일이 일어날 것 같은 느낌이었습니다."

리비에르는 그의 손을 잡고 위아래로 흔들어 대면서

"감사합니다. 버터위크씨. 당신은 예리한 관찰자입니다. 그리고 나와 국가를 위하여 큰일을 했습니다."

"그 얘기를 들으니 기쁘군요. 그러나 내 이는 어떻게 되는 거죠?"

리비에르는 그를 쳐다보고 웃음을 지었다.

"완강한 분이시군. 나는 당신같이 완강한 사람들을 좋아해요. 당신과 같은 분이 더 많이 있어야 해요. 은혜를 베풀면 또 하나의 은혜를 갚을 의무를 불러오게 돼요. 나를 도와주었으니 나도 당신을 도와주어야지요. 나는 의치를 다년간 만든 경험이 있습니다. 이를 빼는 것은 내 영역이 아니지만 내가 할 수 있는 것은 성심껏 해 드리지요."

리즈 버터위크는 의자에 앉아 입을 벌렸다.

"휴"

하고 리비에르는 눈이 휘둥그래져 탄성을 질렀다. 그의 목소리는 준엄했다.

"버터위크씨 어금니 위쪽의 접착 부분이 복잡하게 얽혀 오늘 저녁에 끝날 일이 아닙니다."

"그러나 오늘이 아니면…….."

하고 리즈 버터위크는 난감한 표정을 지었다.

"여기 이약을 한 모금 마셔요. 잠시나마 통증이 완화될 것입니다."

리비에르는 약을 컵에 부어 마시도록 했다. 리즈 버터위크는 붉은 색갈의 약을 한 모금 마셨다. 매서운 맛에 역겨움을 느꼈다. 그 약은 그가 한 번도 마셔 본 적이 없는, 감각을 마비 시키는 고약한 맛을 풍기고 있었다. 그러나 그 약은 통증을 완화하고 있었다.

"자, 버터위크씨, 이제 여인숙에 가서 한잠 주무시지요. 아침에 다시 오시죠. 그동안 거기에 맞는 의치를 구해보지요. 그 부위에 바를 약을 좀 가지고 가시는 것이 좋을 것 같습니다."

리비에르는 상점 뒤쪽의 찬장에서 무엇인가를 찾고 있었다. 날이 저물어 상점 안에는 이미 어두움이 짙어가고 있었다. 셔터는 이미 내려져 있었다. 리즈는 기이한 느낌을 감지하기 시작했다. 머리는 무겁고 다리는 후들후들 떨리고 있었다. 그는 일어나서 폴 리비에르의 어깨너머를 바라보고 있었다. 찬장 안에서 손이 분주히 움직이더니 상자 하나를 내어놓았다.

"이 상점 안에 있으니 이상한 감정을 느끼게 됩니다."

"그럴 수도 있습니다. 많은 사람들이 그런 얘기를 해요."

그러는 동안 찬장에서 무엇이 빨리 움직이고 있는 것을 포착했다. 리즈 버터위크는 기침을 하면서

"그 상자에 무엇이 있나요?"

하고 물었다.

"이거요?"

하고 리비에르는 웃음을 지으며 그 상자를 치켜들었다.

"내가 화학 실험을 하는 것입니다. 바로 이것이 '보스톤의 정체'라는 것입니다."

"보스톤의 정체라?"

리즈 버터위크는 자기의 눈을 의심하듯 반복하여

"사람들은 선생을 마술사라고 합니다. 정말 마술사인가요?"

리비에르는 쓴웃음을 지으며

"이 상자 안에 당신이 바르는 고약이 들어 있어요."

그는 상자 두 개를 꺼내어 카운터에 올려놓았다. 하나는 은으로, 다른 하나는 주석으로 만들어져 있었다.

"가져 가시지요."

하고 리비에르가 말한다. 리즈는 하나를 집어 들고 이리저리 살펴본다. 그 표면에 나무와 사자와 싸우는 독수리의 무늬를 발견할 수 있었다.

"멋진 그림입니다." 하고 말하자

"내가 도안한 것입니다." 하고 리비에르가 말한다.

"가장자리 13개의 별을 보시오. 별들을 이용하여 신생국가를 위한 아름다운 도안을 만들 수 있습니다. 나는 이런 신생국가를 상상해 왔습니다."

"그 상자 안에 무엇이 있습니까?" 하고 리즈 버터위크가 묻자

"무엇이 있느냐고요?"

하고 반복하는 리비에르의 목소리는 단호한 어조였다.

"지금 무엇이 일어나고 있는지 아십니까? 화약, 전쟁, 신생국가 건설, 이것들이 무엇을 상징하는지 아십니까? 그러나 아직 시기는 적절하지 않습니다."

"그렇다면"
하고 리즈 버터위크는 말을 이어 갔다.
"바로 여기에 혁명가들이 말하는 것이 있단 말입니까?"
"그렇습니다."
라고 리비에르가 대답을하고 말을 이어가려고 하는 순간 그의 사환이 손에 편지를 들고 들어왔다.
"웨런 박사의 편지 입니다."

IV

리비에르가 출발할 채비를 하느라고 분주히 움직이기 시작했다. 승마용 구두를 황급히 찾으면서 리즈 버터위크더러 내일 오라는 말을 남겼다. 리비에르가 자기를 밖으로 밀치다시피 서두르는 바람에 리즈 버터위크는 환부에 바를 약을 잃어버렸다. 다행히도 카운터에 있던 상자 하나는 갖고 나올 수 있었다. 그러나 그것이 자기가 복용할 약이 아니라는 것을 발견한 것은 숙소에 돌아온 후였다.

잠을 이룰 수가 없어 이것이 다른 약을 가져왔다고 확인한 것이다. 그를 괴롭히는 것은 이의 통증이 아니라 그의 마음이었다. 당일 일어났던 사건들에 마음이 집착되어 있었다. 파슨 크라크 집에서 본 두 사람, 영국군에 쫓기던 일, 리비에르와 숫 칠면조 같은 부인의 언쟁 등등. 그의 마음이 무엇에 의하여 동요되고 있음을 알고는 있었으나 그것이 무엇인지는 알 수가 없었다.

영국군이 나를 추적한 것이 당연한 것 이었을까? 그런 부인 같은 사람들이 뉴 잉글랜드를 다스린다는 것이 올바른 일인가? 아니다. 이 모든 것이 나와 무슨 상관이란 말인가? 나에게 중요한 것은 리비에르가 처방해 준 약을 찾는 것이다.

리즈 버터위크는 잠에서 일어나 코트를 입고 주머니 깊이 손을 넣어 은 상자를 꺼냈다. 리비에르 말대로 화약, 전쟁, 신생국가 건설이 이은 상자에 담겨 있다는 데 대한 호기심이 발동했다. 자기가 보스톤에 오기 전에는 이런 일들을 상상조차 할 수 없었다.

복용했던 약 기운이 머리에 아직 남아 있다. 다리는 후들후들 떨렸다. 그러나 인간인 이상 그는 그 호기심을 떨칠 수가 없었다. 과연 그 상자 안에 무엇이 있을까?

그는 상자를 흔들어 보았다. 흔들수록 상자가 뜨거워지는 것을 감지했다. 마치 그 안에 살아 있는 것이 들어있는 듯하다. 흔들기를 멈추고 열쇠 구멍을 찾아보았다. 열쇠 구멍을 발견한다 해도 열쇠가 없으면 허사다.

그는 상자 가까이 귀를 갖다 대고 열심히 들어 보았다. 그 순간 그는 멀리서 작게 들리는 소총 소리, 수 많은 사람들의 아우성이 들려왔다.

"사격을 하지마!"

"그들이 너를 죽이려고 하지 않는 한 먼저 사격하지 마라. 그들이 전쟁을 원하면 그 전쟁이 바로 여기에서 터져야 한다."

다음에는 고적대 소리가 들렸다. 이것 역시 작게 멀리서 들린다. 이 고적대 소리가 그를 감동시켰다. 왜냐하면 이 소리가 미래를 고하는 아우성이라는 것을 알았기 때문이다. 그는 침대 가장자리에 앉은 채 상자를 손에 쥐고 있었다.

"이 상자를 갖고 내가 할 일이 무엇인가? 한 사람이 하기에는 너무 벅찬 일이 아닌가?"

리즈 버터위크에게는 두려움이 앞섰다. 강으로 가서 이 상자를 버린다는 것조차 생각하기가 두려웠다. 강이 아니면 자기 농장을 생각해 보았다. 그 상자에서 혁명이 시작된다면 끝이 있기 마련이다. 문득 리비에르가 그 수컷 칠면조 부인과 언쟁을 벌일 때 했던'새로운 국가 건설, 단순하고 평범한 국가' 등의 말들이 상기 되었다. 나는 영국 국민이 아니고 뉴 잉글랜드 사람이다. 뉴 잉글랜드 사람이라면 행코크나 아담스가 이루고자 하는 것이 무엇인지 알아야 하고 거기에 공명 해야 한다. 혁명은 필연적이다. 이 나라에서 우리는 언제까지 영국 국민으로 있어야 한단 말인가?

그는 그 상자에 다시 귀를 기울였다. 이번에는 사격이 없고 고적대의 괴상한 소리만이 있을 뿐이다. 그 소리가 무엇인지 나는 모른다. 그러나 그것은 나의 마음을 고취시키는데 충분했다.

그는 서서히 몸을 일으켰다.

"이 상자를 리비에르에게 도로 갖다 주어야 되나 봐"

우선 첫 번째로 그가 방문한 곳이 웨런 박사 댁이다. 리비에르가 그의 이름을 여러 번 언급했기 때문이다. 그러나 만족한 결과를 얻지 못했다. 그는 자신이 스파이가 아니라는 것을 설득시키는데 적지 않은 시간이 걸렸다. 그들을 설득하고 난 다음에야 폴 리비에르가 강을 건너 찰스타운에 갔다는 사실을 알게 되었다. 그도 배를 구하려고 강 쪽으로 갔다. 그가 거기에서 만난 첫 번째 사람은 분노한 여인이었다.

"아니요." 그녀는 첫마디부터가 부정적이었다.

"당신은 배를 구할 수 없을 거예요. 한 시간 전에 어떤 미친 사람이 와서 배를 요구했어요. 그가 무슨 짓을 했는지 알아요. 그가 내 남편을 꼬여 나의 소중한 코트를 갖고 갔어요. 배가 영국 군함 근처를 지날 때 노젓는 소리를 죽이기 위하여 내 코트를 사용한 거예요."

그녀는 정박 중인 전함 서머세트를 가리키며
"그건 내가 가장 아끼던 코트였어요. 남편이 오면 내가 가만히 있을 것 같아요?"

결국 리즈 버터위크는 배를 구할 수 있게 되었다. 어떻게 하여 구했는지는 모르나 그는 노를 저어 강을 건너갔다. 물 흐름은 순조로웠고 달빛이 밝게 비춰주었다. 그는 서머세트의 그림자 밑으로 붙어 무사히 통과했다. 그가 찰스타운에 도착했을 때 한 교회의 등불을 보았다. 그러나 그 불빛이 무엇을 뜻하는지 알지 못했다. 도착하자 사람들에게 리비에르에게 줄 메시지를 갖고 왔다고 말하자 말 한 필을 주어 그것을 타고 출발할 수 있었다. 그가 달리고 있는 동안 상자가 그의 주머니 속에서 상자가 요란한 소리를 내고 있었다.

어두움 속에서 리즈 버터위크는 길을 잃어버려 렉싱톤에 도달했을 때는 동이 트기 시작했다. 그의 주머니 속에서 상자가 요란한 소리를 내고 있었다. 피로해진 말을 매어 놓고 돌아서서 그는 길가에서 트렁크를 운반하고 있는 두 사람을 목격했다. 그중 한 사람이 폴 리비에르였다. 두 사람은 서로 물끄러미 쳐다보다 리즈 버터위크가 먼저 쓴 웃음을 보였다. 리비에르의 옷은 온통 흙으로 뒤덮여 쉽게 알아볼 수가 없었다. 그동안 리비에르는 행코크와 아담스에게 들려 경고의 말을 전하고 오다 도중에서 영국군에 잡혔다가 겨우 도망쳐 나왔다 .그가 렉싱톤에 온 것은 모든 준비가 잘 진행되고 있는지 확인하기 위한 것이었고 그가 운반하던 트렁크는 행코크가 남겨놓은 중요한 서류를 담고 있어 안전한 곳으로 운반하던 중이었다.

리즈 버터위크는 그의 말을 돌려 떠날 채비를 하면서

"리비에르 선생, 내가 이 치료 약속 시간을 지킨 셈이네요. 그런데 드릴 것이 있습니다."

하고 주머니에서 상자를 꺼냈다. 그리고는 렉싱톤 그린 쪽을 바라보고 큰 숨을 쉬었다. 바로 이웃인 그곳에 미국 민병대가 영국 정규군과 대치하고 있었다. 바로 그 순간 총소리가 들려 그곳을 바라보니 검은 연기가 영국군 진지를 덮어 버렸다. 양 방이 서로 앞으로 돌격하며 고성을 내는 소리를 들을 수 있었다.

리즈 버터위크는 상자에 발을 올려놓고 눌러보니 상자가 열렸다. 그 순간 그의 눈은 당황한 빛을 보였다. 사람들의 요란한 함성이 들리더니 순간적으로 사라져 버렸다.

"방금 당신이 무슨 일을 했는지 아시죠?"

하고 리비에르가 물었다.

"당신이 미국 혁명을 폭발시켰어요."

"때가 온 듯해요. 집에 가 봐야겠어요. 벽에 총을 걸어 두었어요. 그 것이 필요할 때가 왔나 봅니다."

"이는 어떻게 하겠어요?" 하고 리비에르가 물었다.

"아, 내 이 말이죠. 국가가 나를 필요로 하고 있어요. 이의 통증도 없어진 듯해요."

소문에 의하면 독립 전쟁이 끝난 후 리비에르가 은으로 그의 의치를 만들어 주었다고 합니다. 고모할머니는 이 부분에 대하여는 확실한 증거를 제시하지 못했습니다.

〉〉저자에 대하여
About the Authors

| 저자에 대하여 |
About the Authors

도로시 파커 (벗은자에게 옷을 입혀라)

DOROTHY PARKER

Dorothy Parker의 Clothe the Naked(벗은 자에게 옷을 입혀라)가 나타나기 이전까지 그녀는 일반인들에게 기지가 넘치는 풍자 작가로 알려져 있었다. 그녀는 재담의 경연에서 전국 선수권을 보유한 여성 작가이다. 그녀의 작품 대다수는 어쩔 수 없는 환경에서 희생 당하는 가련한 주인공들을 묘사하고 있다. 이 작가는 자기가 묘사하는 주인공을 긍정적 측면에서 기술하지 않는 것이 특징이다. 그녀가 쓴 단편들은 모두가 많이 읽히는 걸작들이다. 그 중에서도 가장 작가답지 않은 것이 바로 여기에 게재된 "벗은 자에 옷을 입혀라" 이다. 이 작품은 그녀가 주인공에 대하여 동정, 이해와 연민어린 정을 갖고 쓴 가장 출중한 작품들 중의 하나이다.

도로시 파커는 1893년 뉴저지주 웨스트 엔드에서 태어났다. 문학세계에 발을 디디면서 최초로 한 일은 패션 잡지 "Vogue"에 주당 10불을 받고 소제를 다는 것이었다. 몇 년 후 Vanity Fair에 논평을 실었는데 이것은 전 단계보다 승화된 수준이었다. 그러나 그녀의 논평이 너무 강하다는 여론이 팽배하여 이 일을 급히 중단하게 되었다. 이러한 경험은 파커의 전설을 만드는데 기여한 바가 컸다고 할 수 있다. 그녀가 New Yorker의 논평을 맡아 왔던 Robert Benchley의 대타가 되었을 때 그녀의 오랜 친구인 Alexander Woolcott이 너무 감동을 하여 한 말이 있다. "Robert Benchley로부터 횃불을 승계 받은 것이 그녀의 책무였으며 독자들의 정열에 불을 붙여 주었다."

도로시 파커는 단편 못지않게 시에 있어서도 널리 알려져 있다. 그녀의 시는 Modern Library Volumes, Collected Stories, Collected Poetry, The Portable Dorothy Parker 등에 수록되어 있다. 그 외에도 Hollywood의 영화 유머 스크립트에 기고하여 재담을 들려주었다. 최근에는 Arnold d'Usseau와 브로드웨이 작품 "Ladies of the Corridor"를 공저했다.

| 미국단편 저자소개 |

모린 패트리샤 데일리 (16살 소녀의사랑)

MAUREEN PATRICIA DALY

16세 소녀가 이만큼 썼다니 참으로 놀랍다. 모린 데일리의 「SIXTEEN」은 그녀가 16세에 청소년잡지 SCHOLASTIC의 단편소설 콘테스트에서 일등상을 받은 작품이다. 이 작품은 헨리 기념 수상작에 발탁됐고, 이후 많은 명단편집에 수록되었다.

모린 데일리는 본래 아일랜드의 타이론 카운티에서 태어나 두 살 때 그의 부모와 함께 미국으로 이민 와 잠시 뉴욕에 거주하다 위스콘신의 포드뜨락에 정착하였다. 거기서 고등학교를 마치고 일리노이에 있는 로사리 대학을 졸업했다. 대학 재학 때 희곡, 소설, 스포츠에 몰두했으며 수년간 Ladies Home Journal의 편집자로 일했다. 그녀는 미스터리 작가 윌리암 맥기븐과 결혼하여 부부작가로 명성을 날렸다. 그녀가 10대들을 위해서 쓴 많은 작품들은 지금까지 많은 사람들의 사랑을 받고 있다.

| 미국단편 저자소개 |

엘리어트 머릭 (말없이)

ELLIOTT MERRICK

이 저자의 이름은 초기에는 널리 알려지지 않았다. 허나 그의 단편 "말없이"를 읽어본 독자들은 가히 그의 무게를 짐작할 것이다. 그의 단편들은 "Scholastic" 이라는 제목하에 출판되었다. "말없이" 단편은 그의 소설 "이슬과 불"의 한 장을 구성하고 있을 만큼 그 가치를 인정받고 있다.

예일대학을 졸업한 후, 머릭은 신문기자로서 사회의 첫 출발을 했다. 그 후 뉴욕 홍보관을 거친 후 뉴욕의 북부 라보리아 반도로 모험 여행을 떠났다. 그곳에서 2년 간 인디언을 대상으로 한 교육 활동에 참가하였다. 이 기간 동안에 그는 사냥꾼과 내륙 깊이 들어가 혹한과 삶의 고통을 체험했다. 이 경험을 토대로 "True North", "Ever the Wind Blows", From Hill Look Down 등이 출간 되었다.

| 미국단편 저자소개 |

링 라드너 (무도회에 다녀와서)

RING LARDNER

링 라드너가 단편을 쓰기 시작할 때 문학계에서는 외면을 당했다. 괴짜 작가라는 별명이 그를 따라 다녔다. 그 당시는 그렇다고 해도 오늘날의 비평은 내면에 깊게 파고드는 풍자적인 것을 중요 시 한다. 여기에 비추어 볼 때 라드너의 작품은 재평가 받을만한 가치가 있다.

링 라드너가 단편을 쓰기 시작할 때 문학계에서는 외면을 당했다. 괴짜 작가라는 별명이 그를 따라 다녔다. 그 당시는 그렇다고 해도 오늘날의 비평은 내면에 깊게 파고드는 풍자적인 것을 중요 시 한다. 여기에 비추어 볼 때 라드너의 작품은 재평가 받을만한 가치가 있다. 그의 작품은 관용, 진실, 인간 타락에 대한 증오를 소재로 한다. 증오, 분개는 특유의 풍자로 표현된다. 라드너는 미시건주 나일에서 1885년 출생, 고등학교를 졸업한 후 시카고의 아무르 대학에서 1년 과정을 마쳤다. 1904년부터 1919년까지 스포츠 칼럼니스트로 활동했고 그 이후에는 야구 칼럼을 썼다. 그는 항상 우울한 얼굴을 지니고 있었으며 작품에서 인간의 약점을 노출할 때 재치있는 풍자로 우리의 내면에 깊게 파고들었다.

| 미국단편 저자소개 |

존 스타인벡 (국화꽃)

JOHN (ERNST) STEINBECK

1902년 캘리포니아 살리나스에서 출생한 스타인벡은 살리나스 고등학교를 졸업했으나 가정 형편이 어려워 고교시절부터 농사일을 거드는 등 고학을 했다. 스탠포드 대학에 진학했으나 학자금 부족으로 중퇴하고 뉴욕에 있는 「아메리카」 신문사의 기자가 되었다. 객관적 사실보다 주관적 기사 작성에 치중하여 편집 책임자와 마찰 끝에 해고를 당했다. 막판 노동자로 전전하다가 고향으로 돌아와 처음에는 잔잔한 낭만적인 소설을 썼으나 별 반향을 얻지 못했다. 30대에 와서 「생쥐와 인간」을 발표하여 겨우 작가적 지위를 얻었다. 2년 후인 1939년 그의 대표작 「분노의 포도」를 발표하여 풀리쳐 상을 수상했다. 40대 초반에 「뉴욕 헤럴드 트리뷴」지 특파원으로 2차 대전을 취재했다. 1955년에는 「세터데이 리뷰」지의 논설위원도 지냈다. 1961년 「불만의 겨울」을 발표하고 이 작품으로 이듬해 노벨문학상을 수상했다. 1968년 영면했다.

| 미국단편 저자소개 |

도로시 캔필드 피셔 (할아버지의 인생)

DOROTHY CANFIELD FISHER

도로시 캔필드 피셔의 작품을보면 뉴 잉글랜드 버몬트의 목가적인 경관을 배경으로 한 것이 많다. 그녀의 조상은 1636년 미국으로 이주하였고 1764년 버몬트 주로 이주했다. 뉴잉글랜드의 가문을 배경으로 하고 있어 그녀의 집 창가로 들어오는 푸른 산, 초원,계곡 등이 작품의 소재가 된다. 원래 그녀는 자기 부친이 캔사스 주의 로렌스대학 총장으로 재직시 출생하여 고향은 캔사스다. 허나 자기 조상이 묻힌 버몬트를 외면 할 수 없는 듯. 지금은 그곳에서 저택을 짓고 푸른 산과 더불어 살고 있다. 그녀의 교육은 10살 때부터 프랑스와 미국을 오가며 진행 되었다. 두 언어에 능통하다. 그녀의 이름은 이 권두사에서 이미 소개된 바 있고 잘 알려진 작품 -The Best Twig, The Brimmin Cup, Rough-hewn 등에서 보여주는 바와 같이 그녀의 문학적 통찰력은 높이 평가되고 있다.

| 미국단편 저자소개 |

마르조리 키난 로링스 (맨빌의 어머니)

MARJOLE KINNAN, RAWLINGS

워싱턴 DC출신으로 위스콘신대를 졸업교지의 기자로 봉직했다. 'GAL YOUNG UN' 이 젊은 시절의 대표작이다. 예일대를 수료한 그는 기자, 리포터를 거쳐 뉴욕의 출판사에서 일했다.

로우링스는 워싱턴DC에서 큰딸로 태어났다. 그녀는 위스콘신 대학을 졸업하고 주 기자직을 10년간 하였다. 그후 북쪽 지방을 떠나 푸로리다 호수사이에 있는 '숲에서 살면서' 단편을 쓰기 시작했고 드디어 그녀의 작품이 '푸리쳐' 상을 수상했다. 이때 같이 쓴 단편이 '맨빌의 어머니' 이다. 여기 실리는 로우링스의 대표적인 작품이다.

| 미국단편 저자소개 |

싱클레어 루이스 (엑셀부로드 영감 예일대 수학기)

SINCLAIR LEWIS

소설가, 극작가, 배우, 기자 등 다양한 경력의 소지자이다. 기자 생활 때 미국 사회와 종교의 문제점을 예리하게 분석해 냈다는 공로로 퓨리쳐상을 수상했다. 장편소설 메인 스트리트는 백만 독자를 상회하는 베스트셀러가 되었다. 미국인 처음으로 노벨문학상을 수상했으며, 엑셀브로드 영감 예일대학 수학기 는 루이스가 예일대학 경험을 중심으로 대학을 풍자하는 단편소설이다.

| 미국단편 저자소개 |

루쓰 사코우 (인생의 출발)

RUTH SUKOW

아이오와에서 태어난 루스 스코우가 어린 소녀 일 때 그녀의 아버지는 수도자의 딸이었다. 이동하는 성당마다 그녀는 새로운 환경과 사람들을 만나는 경험을 단편과 장편소설을 펴냈다. 그린텔 대학을 졸업하고 덴버대학에서 교수 생활을 하면서 더 많은 작품을 남겼다.

| 미국단편 저자소개 |

해리 실베스터 (여덟명의 조정 선수)

HARRY SYLVESTER

작가는 1908년 뉴욕의 브루클린에서 태어났다. 비평가이며 단편소설가이다. 그의 작품들은 대중잡지에 많이실렸다. 1934년 오헨리상을 수상했다.

| 미국단편 저자소개 |

스티븐 빈센트 베넷 (폴 리비에르의 의치)

STEPHEN VINCENT BENET

(1898~1943) 미국시인, 작가 "우리는 우리가 힘이 있기때문에 지혜가 있다고 생각했다." 라고 말했다. 지은 책에는 The Devil and Daniel Webster (악마와 다니엘 웹스터)가 있다.
미국의, 미국다운, 미국스러운, 미국의 추천도서라고 평한다.

온북스
ONBOOKS

Memo